www.ingramcontent.com/pod-product-compliance
Lightning Source LLC
LaVergne TN
LVHW020452070526
838199LV00063B/4919
9789358720358

دراصل

(مزاحیہ مضامین)

مصنف:

شکیل اعجاز

© Taemeer Publications

Dar Asal *(Humorous Essays)*
by: Shakeel Ejaz
Edition: May '2023
Publisher & Printer:
Taemeer Publications, Hyderabad.

ISBN 978-93-5872-035-8

مصنف یا ناشر کی پیشگی اجازت کے بغیر اس کتاب کا کوئی بھی حصہ کسی بھی شکل میں بشمول ویب سائٹ پر اَپ لوڈنگ کے لیے استعمال نہ کیا جائے۔ نیز اس کتاب پر کسی بھی قسم کے تنازع کو نمٹانے کا اختیار صرف حیدرآباد (تلنگانہ) کی عدلیہ کو ہوگا۔

© تعمیر پبلی کیشنز

کتاب	:	**دراصل**
مصنف	:	**شکیل اعجاز**
صنف	:	طنز و مزاح
ناشر	:	تعمیر پبلی کیشنز (حیدرآباد، انڈیا)
زیر اہتمام	:	تعمیر ویب ڈیولپمنٹ، حیدرآباد
سالِ اشاعت	:	۲۰۲۳ء
تعداد	:	(پرنٹ آن ڈیمانڈ)
طابع	:	تعمیر پبلی کیشنز، حیدرآباد - ۲۴
صفحات	:	۱۰۸
سرورق ڈیزائن	:	تعمیر ویب ڈیزائن

فہرست

	خویش لفظ	7
(۱)	لیٹر پیڈ	9
(۲)	مرغ کھانا منع ہے	19
(۳)	عیادت اس کو کہتے ہیں	34
(۴)	چغد کہیں کا	53
(۵)	ریڈیو	64
(۶)	ادبی رسائل	81
(۷)	یومِ ہوٹنگ	96

والد محترم جناب غنی اعجاز
اور چھوٹے بھائیوں
سہیل اعجاز، کفیل اعجاز
کے نام

جن کے پیار کی بدولت میرے قلم اور برش کو سکون کے لمحات میسر ہیں۔

خویش لفظ

سب سے پہلے مہاراشٹر اردو اکادمی کا مشکور ہوں جسکے مالی تعاون سے یہ کتاب منظرِ عام پر آسکی۔ اسکے بعد عرض ہے کہ میں نے اس کتاب کی کتابت ساتویں صفحے سے شروع کروائی تھی کہ شروع کے صفحات ضروری معلومات کے ہوتے ہیں اور ایک روایت بن گئے ہیں۔ اب جو دیکھتا ہوں کہ ابتدائی چار صفحات تو بہت آسانی سے پُر ہو گئے باقی دو صفحات پر کیا لیا جائے سمجھ میں نہیں آتا۔ یہ صفحات کورے بھی چھوڑے جا سکتے ہیں کہ دنیا آج کل ہر نئی بات کو پسند کرتی ہے۔ لیکن خود ساختہ مجلسِ مشاورت نے (جسمیں کاتب صاحب بھی شامل ہیں۔) اسے پسند نہیں کیا۔ افسوس کہ کورے صفحے چھوڑنے والا خیال پہلے نہ آیا۔ ورنہ پورے سو صفحات کورے رکھ کر سرِ ورق پہ کتاب کا نام اور قوس میں " مزاحیہ مضامین کا مجموعہ " لکھوا لیتا۔ سوچتا ہوں تو لطف آتا ہے کہ دکانوں پر کورے صفحات والی کتابیں فروخت ہو رہی ہیں۔ لوگ سرِ ورق دیکھ کر اپنی اپنی پسند کی کتابیں خرید رہے ہیں۔ گھر جا کر پہلے صفحے پر اوپر سے نیچے تک نظریں پھیلاتے ہیں پھر اگلے صفحے پر یہی عمل دہراتے ہیں۔ جب پوری کتاب ختم ہو جاتی ہے تو بلّی کی طرح اونٹ بن کر انگڑائی لے کر کہتے ہیں واہ کیا کتاب چھاپی ہے۔

دو صفحات پُر کرنے کا مسئلہ ابھی زیرِ بحث تھا کہ ایک دوست نے قہقہہ لگایا اور

کہا "تمہاری عقل بھی گھانس چرنے چلی گئی ہے۔ یہاں پیش لفظ آئے گا نا۔ خاص چیز تو تم نے لکھی ہی نہیں۔" اس سے پہلے کہ حاضرین اس خیال کی تعریف کرتے، عرض کیا میں پیش لفظ لکھنا نہیں چاہتا۔ خصوصاً پہلی کتاب کا پیش لفظ تو مجھے دیوانے کی بڑ معلوم ہوتا ہے کہ کسی نے پوچھا بھی نہیں اور میں نے بتانا شروع کر دیا۔ کہ سب سے پہلا مضمون میں نے کب لکھا (یا ابھی تک لکھا ہی نہیں) کس رسالے میں شائع ہوا؟ ابتدائی تحریک مجھے کہاں سے ملی؟ (یا پہلے ہی لکھنا شروع کر دیا تھا تحریک بعد میں ملی) میں اپنے علاوہ بھی کسی ادیب کو پسند کرتا ہوں یا نہیں؟ وغیرہ وغیرہ۔ بعض لوگ سب سے پہلے پیش لفظ لکھتے ہیں بعد میں صفحات بھرنے کے لیے مضامین بھی لکھ لیتے ہیں۔ اس میں سہولت رہتی ہے۔ عموماً پیش لفظ شکریئے نامے ہوتے ہیں جیسے کاتب صاحب کا شکریہ کہ انہوں نے محض دس مضامین کی کتابت میں ایک برس لگا دیا۔ اگر وہ دو برس کے لیے سوئٹزرلینڈ چلے جاتے تو میں ان کا کیا بگاڑ سکتا تھا۔ فلاں کا شکریہ کہ اپنے بیکار وقت میں مقدمہ تحریر فرمایا۔ وغیرہ اگر اسی کو پیش لفظ کہتے ہیں تو میرا اسطرح ہوگا کہ اس کتاب کے مقدمہ و تبصرہ کیلئے رشید احمد صدیقی شوکت تھانوی۔ ابن انشا۔ کنہیا لال کپور اور کرشن چندر کا تہ دل سے مشکور نہیں ہوں کیوں کہ انہوں نے مقدمہ نہیں لکھا اور کتاب چھپنے سے پہلے ہی انتقال کر گئے۔ مضامین کی پسندیدگی کیلئے قارئین کا پیشگی شکریہ بھی ادا نہیں کرونگا کیونکہ جو چیز مجھے اچھی لگتی ہے دوسروں کو پسند نہیں آتی۔ بات کہاں سے کہاں نکل گئی مجھے صرف یہ عرض کرنا تھا کہ پیش لفظ لکھنے کا مجھے تجربہ نہیں۔

شکیل اعجاز

لیٹر پیڈ

○

آپ جس جگہ تشریف رکھتے ہیں وہاں سے سامنے کی برتھ پر سیدھی طرف دیکھیے۔ وہ جو کھڑکی کے پاس نوجوان بیٹھا ہے۔ کیسا معصوم صورت دکھائی دیتا ہے۔ لیکن اس کے دل میں بھی یہ خواہش ہو سکتی ہے کہ سامنے بیٹھے ہوئے گنجے کے سَر پر چپت رسید کرے اور واپس اِسی بے نیازی سے بیٹھا رہے یا بغل میں لیٹی ہوئی حسین دوشیزہ پر اچانک حملہ کر کے اُسے توڑ پھوڑ دے۔ لیکن وہ گنجے کے صحت مند جسم

سے اور لڑکی کے آس پاس بیٹھے پہلوانوں سے ڈرتا ہے۔ جہاں یہ دونوں نہیں ہونگے وہ خواہش پوری کرلیگا۔ شیطانی خواہشیں ہم میں موجود ہوتی ہیں ہم انہیں رسیوں سے باندھ کر اندھیری کوٹھری میں ڈال دیتے ہیں تاہم جب کبھی موقع ملتا ہے رسیاں تڑانے کی کوشش شروع ہو جاتی ہے۔ کئی نامور ادیب و شعراء کے بارے میں پڑھا کہ وہ مختلف شیطانی خواہشات دلوں میں پالتے تھے۔ چوری کرنے کے شوقین کوئی صاحب اگر جبراً تعلیم یافتہ بنا دیئے گئے ہوں تو کتابیں چرا کر تسکین پالیتے ہیں کہ کسی نے پکڑ بھی لیا تو سزا دینے کی بجائے مزید کتابیں ہی دیدیگا۔ ذوقِ مطالعہ سے متاثر ہو کر۔

ہم کہنا یہ چاہتے ہیں کہ شریف النفس نظر آنے والوں میں سے بیشتر کے دلوں میں مجرمانہ خیالات کبھی نہ نکلنے والے کرایہ داروں کی طرح مقیم ہوتے ہیں۔

اگر آپ کے دماغ میں بھی یہ خیال سانپ کیطرح سرسرانے لگا ہو کہ کسی کے ساتھ دغا فریب کریں اور قانون سے بچے بھی رہیں تو اس کا آسان طریقہ یہ ہے کہ لیٹر پیڈ چھپوا لیجئے۔ فی الحال اس سے زیادہ دھوکے باز چیز کوئی اور نہیں۔ یقین نہ ہو تو ایک خوبصورت لیٹر پیڈ والا خط نکالیے اور صاحبِ لیٹر پیڈ سے ملنے جائیے۔ واپس لوٹیں گے تو جھنجلاہٹ کے چلّو بھر پانی میں ڈوب مرنے کی کوشش کر رہے ہوں گے۔ آپ کے تصورات کا شیش محل حقیقت کے ایک ہی تھپڑے پاش پاش ہو چکا ہوگا۔ اس لیے کہ لیٹر پیڈ جتنا چکنا تھا وہ اتنے ہی کھردرے نکلے۔ یہ جتنا نفیس وہ اتنے ہی گندے۔ یہ جتنا کشادہ وہ اتنے ہی کوتاہ دل۔ پھر آپ نے ہمت کر کے سوال کا ایک چابک اُن کے کانوں پر

رسید بھی کردیا کہ ________

________"آپ اسی طرح رہتے بستے ہیں تو ایسا دھوکہ باز لیٹر پیڈ کیوں چھپوایا ؟"

دو ٹوک جواب کے مضبوط ہاتھ آپ کو پوری طاقت سے شرمندگی کے کیچڑ میں اوندھے مُنھ گرادیں گے۔

________" ہم میں جو نفاست اور دل کشی تھی اس پر صَرف کردی۔ آپ ہی بدذوق اور ناسمجھ ہیں کہ پیڈ دیکھ کر مُلاقات کرنے چلے آئے۔ کل آپ یہ بھی کریں گے کہ اسٹیج پر کسی کو اکبرِ اعظم کا رول کرتے دیکھ کر فوراً جاگیر مانگنے چلے جائیں گے۔"

آپ بے بس ہیں نہ پولس میں رپورٹ لکھوا سکتے ہیں نہ اُن کو پکڑ کر پیٹ سکتے ہیں۔ کہاں لکھا ہے اچھے لیٹر پیڈ چھپوانا جُرم ہے۔

حالات، زمانے کا شکار ہوتے رہتے ہیں۔ کبھی یہ دستور تھا کہ گھوڑا رکھنا شان سمجھا جاتا تھا۔ گھر میں چوری کرنے جیسا کچھ نہ ہو تب بھی دربان بٹھانا وضع داری میں داخل تھا۔ اور آج لیٹر پیڈ چھپوانا باعثِ افتخار سمجھا جانے لگا ہے۔

دل کی سرزمین غلط فہمی کے درختوں کے لیے بڑی زرخیز ہوتی ہے اب یہ غلط فہمی بھی اپنی جڑیں مضبوط کرچکی ہے کہ لباس اور مکان کی طرح لیٹر پیڈ سے بھی شخصیت اُبھرتی ہے۔ بعض لوگ اس مَردُم شناسی میں طاق ہوتے ہیں۔ لیٹر پیڈ سے شخصیت کے اظہار والی بات مشہور ہونے سے یہ نقصان ہوا کہ لوگ شخصیت کی بجائے صرف پیڈ سنوارنے پر صلاحیتیں صَرف کرنے لگے۔ ایک سے ایک خوش رنگ، خوش بُو اور

خوش قیمت پیڈ ہو چھپنے لگے اس سے سب کا تاثر ختم ہو گیا۔ بالکل اسی طرح جیسے الفاظ کے مسلسل استعمال سے ہوتا ہے۔ سب واقف کہ "اَلسّلام علیکم" کا مفہوم 'تم پر سلامتی' ہوتا ہے تاہم دل میں صد فیصد نفرت رکھ کر سلام کرنے والوں کی کمی نہیں۔ بہت سے ڈر کے مارے سلام کرتے ہیں۔ خود آپ نے کئی دفعہ کسی ناپسندیدہ شخص سے ہاتھ ملاتے ہوئے "بڑی خوشی ہوئی آپ سے مِل کر" کہا ہوگا اور مقابل نے بھی یقین کر لیا ہوگا کہ آپ کو قطعی خوشی نہیں ہوئی۔

گیارہویں جماعت میں ٹیچر نے ایک دن کہا کہ کل سے گیدرنگ شروع ہو رہے ہیں۔ یونیفارم کی بجائے عام لباس میں آسکتے ہیں۔ دوسرے دن سے ہم میں قیمتی کپڑوں کے مقابلے شروع ہو گئے۔ ہر ایک کی یہی خواہش کہ سب سے منفرد دکھائی دے۔ ہمارے ایک دوست نے سوتی کپڑے کا پاجامہ، کرتا اور مرزا غالب ٹائپ ٹوپی سلوائی۔ شوز کے زمانے میں کہیں سے کھڑاؤں لے آئے اور نہ صرف کلاس میں بلکہ پوری اسکول میں سب سے منفرد ٹھہرے۔ ایک سیدھے سادے لباس نے قیمتی لباسوں کی چمک دمک ماند کر دی تھی۔ لیٹر پیڈ کا بھی یہی معاملہ ہوا جب ساری شان و شوکت پیڈ پر سمٹ آنے لگی تو کسی نے سادے کاغذ پر مختصر سا نام پتہ لکھوالیا اور ہزاروں کی بھیڑ سے الگ نظر آیا۔ آج کل پیڈ پہیلیوں کی شکل میں بھی آنے لگے ہیں۔ کسی پر صرف ایک چڑیا بنی ہے آپ پہچانیئے کہ یہ فلاں شاعر کا ہے۔ کسی پر چھری ہے آپ سوچیے کہ یہ تنقید نگار کا ہے۔ بعض، پیشوں سے مناسبت

رکھتے ہیں۔ چنانچہ کسی پر قینچی اور اُسترا بنا ہوتا ہے۔ بہت سے لوگ لیٹر ہیڈ چھپوا کر مصیبت میں پڑ جاتے ہیں اور بادلِ ناخواستہ خطوط لکھتے رہتے ہیں۔ عموماً اسی قسم کے لوگ اخبارات میں مُراسلے اور ریڈیو پر فرمائشیں بھیجتے ہیں۔ ایک روپیہ بچانے کے لیے دس روپے خرچ کرنے والی بات آپ نے سُنی ہو گی۔ اس کا عملی تجربہ کرنا ہو تو کسی کو لیٹر پیڈ چھپوا کر دے دیجئے۔ وہ اپنا سارا پیسہ بہت احتیاط سے ڈاک ٹکٹوں پر خرچ کرینگے۔ خطوط کے لیے موضوع کی تلاش کریں گے۔ کہیں بھیڑ دکھائی دی اور یہ اس اُمید پر وہاں لپکے کہ کسی کا قتل ہو گیا ہوگا۔ پھر یہ دیکھ کر اُداس ہو گئے کہ یہ تو ناقابلِ تحریر معمولی خراش والا معاملہ ہے۔ تھک ہار کر پڑوسیوں کو آپس میں لڑا دیا اور فریقین کے رشتہ داروں کو لیٹر پیڈ سے مطلع کر کے اطمینان کی سانس لی۔ یہ ساری بھاگ دوڑ صرف اس لیے کہ لیٹر پیڈ پڑے پڑے خراب نہ ہو جائے۔ یہ بھی کنجوسی کی ایک قسم ہے۔ ہم نے اپنے ایک کنجوس دوست کو سر درد کی دس ٹکیاں یہ کہہ کر دے دیں کہ ایک ماہ بعد بیکار ہو جائیں گی۔ دوسرے دن وہ دُکانوں پر پوچھتے پھر رہے تھے کہ صاحب سر میں درد "اُٹھنے" کی گولیاں ہوں تو دیجئے۔ مہینہ بھر تک سر میں درد اُٹھنے کی دُعا صدقِ دل سے کرتے رہے۔ کنجوس لوگ یوں بھی دلچسپ ہوتے ہیں۔ ایک صاحب ٹیلی گراف ڈپارمنٹ سے ریٹائرڈ ہوئے تو اور معاملوں کے علاوہ بات کرنے میں بھی کنجوس ہو گئے تھے۔ دس سوالوں کا ایک جواب دیتے۔ جیسے زیادہ بولیں گے تو چارج بڑھ جائیگا۔ بکواس کرنے والوں کو "فضول خرچ" کہا کرتے تھے۔

کوئی شخص رشتہ داروں کی کوششوں سے میٹرک پاس ہو جائے تو سرٹیفکیٹ فریم کرواکر دیوار پہ لگاتا ہے۔ کسی کی ایک آدھ تصویر فوٹو گرافر کی لغزش سے اچھی نکل آئے تو اُسے ڈرائنگ روم میں بارہ سنگھے کے سینگ یا شیر کی کھال کی طرح سجاتا ہے۔ ایک کہنہ مشق لیکن بے تکے شاعر کے گھر میں ایک فریم اہتمام سے لگی دیکھ کر پوچھا تو پتہ چلا کہ کسی ایسے نقاد نے جو " اچھے اچھوں کو شاعر نہیں مانتا" اُن پر ترس کھا کر دو تین تعریفی جملے لکھ دیئے تھے۔ اسی طرح جو لوگ کافی تگ و دو اور منت سماجت سے دو ایک انجمنوں کی صدارت یا سکریٹریٹ سے جھولی بھرنے میں کامیاب ہو جاتے ہیں وہ لیٹر پیڈ میں اس کا ذکر ضرور کرتے ہیں۔ بلکہ ذکر کے لیے ہی پیڈ چھپاتے ہیں۔ برسوں بعد ایک دوست کا خط ملا تو ہم بہت حیران ہوئے۔ پیڈ پر اُن کے نام کے نیچے جلی حروف میں یہ لکھا تھا۔

صدر اور سکریٹری انجمن نصیب ماراں

اسکول لائف میں وہ بڑے مظلوم سے تھے اچانک اتنے سرگرم کیسے ہو گئے کہ صدر اور سکریٹری بننے لگے۔ چھان بین پر پتہ چلا کہ یہ جس انجمن کے صدر ہیں اُسمیں دُو ہی ممبر ہیں۔ ایک تو یہ خود ہیں اور ــــــ دوسرے بھی یہی خود ہیں۔ ہمیں یقین ہے کہ لیٹر پیڈ پر جن کمیٹیوں اور انجمنوں کا ذکر ہوتا ہے اُن میں سے بیشتر ایسی ہی ہوتی ہیں۔ ایسے پیڈ عہدوں سے بھرے ہوتے ہیں۔ خط لکھنے کے لیے ذرا سی جگہ بچ رہتی ہے۔ اور اگر عدم خود اعتمادی یا احساس کمتری کا آتش فشاں پھٹ پڑا تو سابق عہدوں،

کا بھی تذکرہ ہوتا ہے جیسے ۔ ________

سابق اسکول کیپٹن پرائمری اسکول نمبر ۳

اِن میں سابق بہت چھوٹے قلم سے لکھا ہوتا ہے ۔

ممکن ہے مستقبل میں ایسے پیڈ بھی چھپیں جن میں آئندہ عہدوں کا تذکرہ ہو۔

گورنر آف دَا اسٹیٹ ________ (مُستقبل)

نوبل پرائز یافتہ ________ (مُستقبل)

دنیا کا سب سے اچھا اور عقلمند آدمی ________ (مُستقبل)

دنیا کا سب سے پہلا اور سب سے آخری آدمی ________ (؟)

آخری تو س میں کونسا Tense آئے گا ۔ پہچانیئے ۔

تیسرے درجہ کا عشق پیڈ کے بغیر اُدھورا ہے ۔ یہ نامہ بر کی ترقی یافتہ شکل ہے ۔ عشق جتنا سطحی ہوگا پیڈ اتنا قیمتی ہوگا بے روزگار عاشق دکانوں پر پیڈ تلاش کرتے پھرتے ہیں ۔ کامیاب تاجر وہی جو گاہک کی دُکھتی رگ پکڑ سکتا ہو ۔ چنانچہ کمپنیاں خصوصی پیڈ تیار کرتی ہیں جن میں عُمر خیام ، بیل باٹم پہنے ۔ ایک ہاتھ میں سگریٹ اور دوسرے میں خالی گلاس لیے (جو عمر خیام نے بے خودی میں اُلٹا پکڑ لیا ہے ۔) لڑکی کی طرف غُصیلی نظروں سے دیکھ رہے ہیں ۔ لڑکی نیم برہنہ ہے ۔ بیوقوف کی محبوبہ بننے کیلیئے نیم برہنہ ہونا ضروری ہوتا ہے ۔) ہاتھ میں ایک صراحی ہے جس کے ٹونٹی اور پیندا نہیں ہے ۔ وہ فرطِ مسرت سے ایسی دیوانی ہوئی ہے کہ اُلٹے گلاس کی بجائے سگریٹ میں

اُنڈیل رہی ہے۔ سچا عشق وہی جو بس بھروسہ کرلیتا ہے۔ دلائل نہیں مانگتا۔ اس لیے عاشق و معشوق پہ لازم ہے کہ وہ اس طرف توجہ نہ دیں کہ "عدم پینڈگی" کے باوجود صراحی سے گڑگی جائے کیوں کر نکل رہی ہے۔ محبت سچی ہو تو صراحی کو پیندے کی ضرورت نہیں پڑتی۔ جنگل کے سارے پھول اُڑ اُڑ کر دونوں کے پاس آگئے ہیں۔ پس منظر میں سورج کی روشنی پھیلی ہوئی ہے اور بادلوں سے چاند نکل رہا ہے۔ بارش زوروں سے ہو رہی ہے۔ کمپنیوں کے مالکان بھلے جاہل ہوں مگر اس راز سے واقف کہ اشعار میں جادو ہوتا ہے۔ وہ پڑھے لکھے کو بلا کر کسی بڑے شاعر کے شعر کی فرمائش کرتے ہیں۔ پڑھا لکھا غور سے دیکھتا ہے کہ عمر خیام زمین پر بے چینی کے عالم میں بیٹھے ہوئے ہیں۔ لڑکی کے گلے میں زنجیر لٹک رہی ہے۔ اور یہ شعر لکھ دیتا ہے۔

ع

اَسپِ تازی شدہ مجروح بہ زیرِ پالاں

طوقِ زرّیں ہمہ در گردنِ خرمی بینم

دونوں شعر پڑھتے اور سر دھنتے ہیں۔ (شعر سمجھ میں نہ آئے تو سر دھننے میں زیادہ لطف آتا ہے) پیڈ پر بے انتہا عشق اور لافانی محبت کا اظہار کیا جاتا ہے۔ لڑکا لکھتا ہے کہ فرہاد تو کچھ بھی نہیں تھا میں اُسکا بھی باپ ہوں۔ لڑکی جواباً تحریر کرتی ہے کہ شیریں میرے سامنے بالکل ہیچ ہے۔ میں اس کی بھی ماں ہوں۔ کمپنیاں بعض اوقات شرارت بھی کرتی ہیں

اوران پرایسے اشعار چھاپ دیتی ہیں۔

سہ

یاد اسکی آتی خوب نہیں میر باز آ

نادان پھر وہ دل سے بھلایا نہ جائیگا

یا اس طرح کہ ــــــــــــــ

ہم وہ نہیں جو پیار میں رو کر گذار دیں

پرچھائیں بھی ہو تیری تو ٹھوکر پہ مار دیں

واقف ہیں ہم بھی خوب ہر اک انتقام سے

پیار کے نشہ میں سرشار نوجوان ' ان اشعار کا مطلب حسبِ خواہش نکال لیتے ہیں۔

کوئی صاحب غلط فہمی کے مسحور کن بازوؤں میں سمٹے نہ رہیں کہ لیٹر پیڈ ترقی یافتہ دور کی دین ہے۔ یہ تو اسی وقت وجود میں آگیا تھا جب انسان نے لکھنا شروع کیا تھا۔ فرق یہ ہے کہ آج کا لیٹر پیڈ کاغذ سے بنتا ہے پرانے وقتوں میں چٹانوں اور پہاڑوں سے بنتا تھا۔ وہ زیادہ پائیدار ہوتا تھا۔ نہ پھٹنے جلنے کا خدشہ نہ تحریریں مٹ جانے کا ڈر۔ ہزاروں سال پرانے یہ لیٹر پیڈ چٹانوں اور پہاڑوں کی صورت میں آج بھی محفوظ ہیں اور قیامت تک رہیں گے۔

تاریخ نویسوں نے قدیم شہنشاہوں کے بارے میں یہ افواہ پھیلا رکھی ہے کہ

انہیں عمارتیں بنوانے کا شوق تھا۔ دراصل انہیں لیٹر پیڈ بنوانے کا شوق تھا۔ یقین نہ آئے تو لال قلعہ۔ اشوک کی لاٹ۔ تاج محل۔ قطب مینار اور دوسری عمارتیں دیکھ آیئے۔ وہاں آپ کو جا بجا تحریریں دکھائی دیں گی۔ تاج محل کو بھلے آپ مقبرہ کہیں ہم تو لیٹر پیڈ کہیں گے۔ دیکھئے کیسا خوب صورت۔ خوب رنگت اور خوب قیمت لیٹر پیڈ ہے۔

●

مرغ کھانا منع ہے

○

میں کالج لائبریری سے باہر نکلا تو مرزا صاحب بے چین سے مجھے ڈھونڈھ رہے تھے۔ مجھے دیکھتے ہی لپک کر میرے پاس آئے اور پوچھا۔

" آپ نے نوٹس پڑھا ؟"

" نہیں! کیوں ؟"

" آج شام وظیفے کے ڈیڑھ سو روپے ملنے والے ہیں۔"

"وہ تو ہر ماہ ملتے ہیں۔ کوئی نئی بات نہیں ہے۔"

"نئی بات یہ ہے کہ اس مرتبہ سردیوں کا موسم ہے۔"

"سردیوں کا موسم بھی ہر سال ایک دفعہ ضرور آتا ہے۔"

"آپ سمجھے نہیں۔ سردیوں کا موسم خدا کی طرف سے عنایت کردہ ایسا موقع ہوتا ہے کہ آدمی اپنی صحت بنا کر باقی آٹھ ماہ کے لیے اپنے آپ کو تیار کرلے۔"

"صحت کی فکر آپ جیسے بڑھے کو ہونی چاہیئے مرزا صاحب۔ ہم نوجوانوں۔۔۔۔"

"پہلی بات تو یہ ہے کہ میں بوڑھا نہیں ہوں اور دوسری یہ کہ نوجوانوں کو بھی صحت سے غفلت نہیں برتنی چاہیئے۔ اگر آپ نے غفلت کی تو یہ جو معصومیت اور شادابی ہے جاتی رہے گی۔ آپ کتنے خوبصورت لگ رہے ہیں"۔

میں سمجھ گیا کہ مرزا صاحب کو مجھ سے کوئی ضروری کام آپڑا ہے میں نے کہا ۔۔۔۔ "اچھا چلیئے' مان لیتا ہوں کہ یہ سردیوں کا موسم بھی ہے اور ڈیڑھ سو روپیئے بھی ملنے والے ہیں ۔۔۔۔ پھر ؟" مرزا صاحب کہنے لگے ۔

"چار دوستوں کے تعاون سے ہوسٹل میں مرغ پارٹی کریں گے کیونکہ ہوٹلوں کے مرغ میں پسند نہیں کرتا ۔۔۔۔ اور مرغ صحت کے لیے بہت مفید ہیں"۔

پھر ہم نے رحمٰن صاحب اور ساجد بھائی کو بھی تیار کرلیا ۔ اور وظیفہ لینے کے بعد ہاتھوں میں تھیلیاں لیے مرغوں کی تلاش میں نکل پڑے ۔ مرغ

بازار کی پہلی دکان پر تقریباً پچیس مرغ ہم نے اوپر نیچے، آگے پیچھے سے دیکھ ڈالے، لیکن سب ٹھکرا دیئے گئے۔ مرغ فروش غصے میں آ کر مرغ واپس رکھنے لگا تو ایک مرغ اس کے ہاتھ سے چھوٹ کر بھاگ نکلا۔

اب آگے آگے مرغ اور پیچھے مرغ والا اُس طرف۔ آگے آگے مرزا اور پیچھے مرزا والے، ـــــــ اس طرف۔ آخر ایک دکان کے مرغوں نے مرزا کو پسند کر ہی لیا۔ یا یوں کہیئے، مرزا صاحب نے ایک دکان کے مرغوں کو پسند کر ہی لیا۔

پہلی دکان والا مرغ کے پیچھے بھاگتے بھاگتے اچانک بجلی کے پول سے ٹکرا گیا۔ پھر اُس نے ایک جگہ مُرغ پر جست لگائی، لیکن مُرغ بھاگ نکلا۔ اور مرغ فروش وہاں بیٹھے ہوئے بکرے کے سینگ میں اٹک گیا بڑی مشکل سے بکرے نے قمیض کے دامن کے عوض، مرغ فروش کو چھوڑا۔

ہم لوگ واپس ہونے لگے تو وہ مُرغ فروش سڑک کے ایک کنارے بیٹھا ہانپ رہا تھا۔ دوسرے کنارے پر مُرغ اُسے تک رہا تھا۔ ہم وہاں سے گذرے تو مُرغ فروش نے غصیلی نظروں سے مرزا صاحب کو دیکھا۔ پھر مُرغ کو دیکھا، جیسے دونوں میں کوئی فرق ہی نہ ہو۔

ہمارے کالج کا ہوسٹل شہر کی سب سے خوبصورت پہاڑی پر ہے۔ تین طرف گھنا جنگل اور چوتھی طرف خوبصورت جھیل، گرمیوں میں تو یہ جھیل

نعمت سے کم نہیں ہوتی۔ لیکن سرما میں وبالِ جان بن جاتی ہے۔ کیونکہ اس سے ہو کر ہوسٹل میں آنے والی ہوائیں برف بن جاتی ہیں۔

ہوسٹل میں گوشت کھانا ممنوع ہے۔ ہم ہوسٹل کے قریب پہنچے تو وہ اندھیرے میں ڈوبا ہوا تھا۔ دور سے کھڑکیوں کے شیشے اس طرح چمک رہے تھے جیسے کوئی جہاز سمندر میں کھڑا ہو۔

مرزا صاحب چلتے چلتے بولے۔ "ہم جلدی بستر وں میں چھپ جائیں گے۔ پھر رات کے بارہ بجے کام شروع کردیں گے۔ کسی کو کانوں کان خبر نہ ہوگی۔"

میں بستر پر لیٹا تو نیند لگ گئی۔ رات کے ایک بجے ایسا لگا جیسے کسی نے برف کے پہاڑ میں پھینک دیا ہو۔ معلوم ہوا کہ مرزا صاحب نے جسم سے لحاف کھینچ لیا ہے۔ اِسٹو سلگایا گیا۔ مرزا صاحب کرسی پر بیٹھ گئے۔ ساجد بھائی سے کہا "آپ برتن صاف کرلیجیے"۔ رحمٰن صاحب کو حکم ہوا "گوشت دھو ڈالیے"۔ مجھ سے پوچھا "آپ کو کیا کام آتا ہے؟" میں نے کہا۔ "مجھے صرف کھانا آتا ہے اور ہلکی سی اُٹھا پٹک آتی ہے"۔ مرزا صاحب نے کہا۔ "اچھا تو آپ یہ مسالے پیس ڈالیے"۔

میں باہر سے پتھر ڈھونڈ لایا۔ اور فرش صاف کرکے مسالہ پیسنے لگا۔ رات کا سناٹا، سیمنٹ سے بنا ہوسٹل، جہاں قلم گرنے کی آواز بھی گونجتی ہے۔ یہ تو پتھر کی آواز تھی۔ دونوں نے مجھے ٹوکا۔ میں نے کان نہ دھرے تو مرزا صاحب سے شکایت کی۔ مرزا صاحب کی ایک خصوصیت یہ بھی ہے کہ وہ دھیمی آواز

تو کیا اونچی آواز بھی جلدی نہیں سُن سکتے۔ میرے پاس آ کر بولے "ارے کیوں؟ ذرا دھیرے دھیرے پیسیئے نا۔"

"آپ کو آواز آ رہی ہے؟"

"نہیں"

"بس پھر"

مجھے یقین تھا مرزا صاحب کو آواز نہیں آ رہی ہے۔ اکثر ہم اُن کیخلاف شرارت کی سازشیں اُنہی کے سامنے بیٹھ کر بناتے اور وہ سمجھتے کہ ہم انکی تعریف کر رہے ہیں۔ سازش ہوتی رہتی اور وہ شرما شرما کر مسکراتے رہتے۔

مرغ تیار ہو چکے تھے۔ لیکن سردی کے ساتھ دل کی دھڑکن بھی بڑھ چکی تھی۔ ڈر تھا کہ کسی کو خبر نہ ہو جائے ایسی حالت میں ہی دسترخوان کے آس پاس بیٹھے اور پہلا لقمہ لینے ہی والے تھے کہ دروازہ پر ٹھکوں کی بارش شروع ہو گئی۔ میں اور ساجد بھائی پلنگ کے نیچے گھس گئے اور رحمٰن صاحب دوسرے پلنگ کے نیچے۔ ہمیشہ کی طرح بیوقوفی کا احساس بعد میں ہوا کہ جب دروازہ اندر سے بند ہے تو چھپنے کی کیا ضرورت ہے۔ مرزا صاحب کو آواز سنائی نہیں دی تھی اس لیے حیران تھے کہ یہ تینوں چوہوں کیطرح بلوں میں کیوں گھسے ہیں۔ میں نے انہیں ہاتھ کے اشارے سے بلا کر بتایا کہ امان اللہ کی آواز ہے، جسے ہم نے اِس لیے شریک

نہیں کیا تھا کہ یہ اکیلا ہی چاروں مُرغ کھاجاتا اور ہمارے حصہ میں ٹہ یاں ہی آئیں۔

دروازہ مسلسل پیٹا جارہا تھا۔

" دروازہ کھولو۔ مجھے کتابوں کی ضرورت ہے۔"

رحمٰن صاحب دراز قد آدمی ہیں۔ غصّے کے مارے پلنگ کے نیچے سے نکلے اور دروازہ کھول کر اس طرح کھڑے ہوگئے کہ صرف گردن باہر اور سارا جسم دروازے کے اندر' جیسے چوزہ پہلی مرتبہ انڈے سے باہر سر نکالتا ہے مقصد یہ تھا کہ آن کمرے کے اندر نہ دیکھ سکے۔ مگر وہ بھی ضدی آدمی ٹھہرا۔ خوب زور لگایا۔ لیکن قطب مینار کہاں ہلنے والا تھا۔

رحمٰن صاحب نے کہا۔ " کتابیں لینے کے لیے دو بجے رات کا ہی وقت ملا تھا۔ صبح کو لیجانا۔"

" نہیں مجھے اسی وقت اندر آنے دو۔"

" تم اندر نہیں آسکتے۔ میرے سر میں درد ہے"

" مجھے مرزا صاحب سے کام ہے۔"

" تو اُن کے کمرے میں دیکھو —— ادھر کیا ہے ؟"

" میں نے ابھی ابھی انکی لنگی اور پوپلا مونہہ دیکھا ہے۔ ان کے روم میں تالا لگا ہے وہ سارے ہوسٹل میں کہیں نہیں۔ دروازہ کھول دو ، ورنہ میں وارڈن سے کہدوں گا کہ ہوسٹل میں جاسوس جمع ہوگئے ہیں۔ دو بجے رات کو جانے کہاں

چلے جاتے ہیں۔"

رحمٰن صاحب ڈٹے رہے۔"جو کرنا ہے کرلو۔اِسوقت دروازہ نہیں کھلے گا۔" یہ کہہ کر انہوں نے اندر سے دروازہ بند کر دیا۔

امان تھوڑی دیر تک بڑبڑاتا رہا۔ پھر بولا۔"میں باہر سے تالا لگا دونگا۔"

ہم لوگ اپنی بلوں سے نکلے تو امان جاچکا تھا۔ ہم دھیرے دھیرے مسکراتے رہے' اپنی فتح پر خوش ہوتے رہے۔ مُرغ ہونٹوں کے دروازوں سے پیٹ کے مکانوں میں منتقل ہوتے رہے۔

ایک مُرغ باقی بچا تھا کہ اچانک ہوسٹل کے وارڈن کی آواز گونجی۔ آس پاس کے کمرے کھُلنے کی بھی آوازیں آئیں۔ ہم رنگے ہاتھوں پکڑے گئے۔ وارڈن نے پرنسپل کو رپورٹ کی۔ پرنسپل نے ہوسٹل چھوڑنے کا نوٹس دیدیا۔

دو تین دن ہم بہت پریشان رہے۔ چوتھے دن مرزا صاحب خوشی خوشی میرے پاس آئے اور کہا۔"معاملہ رفع دفع ہوگیا۔"

مَیں نے کہا۔"مرغ کھانے والا معاملہ تو بہت پیچیدہ ہوگیا تھا۔رفع دفع کیسے ہوگیا؟"

انہوں نے چپکے سے کہا۔"مَیں نے کل رات وارڈن صاحب کو دو مُرغ پکا کر کھِلادیئے۔"

فکر تونسوی کے نام خط

○

اپنے دولت کدہ پر ایک گھنٹہ کی طویل ملاقات کرنے اور دوران دو دفعہ شربت روح افزا پلانے کے بعد آپ نے ناسازیٔ طبیعت کے باوجود ہمیں گیٹ تک چھوڑا۔ پھر گل مہر پارک کے ڈپو تک بس اسٹاف تک چھوڑنے کے لیے آئے۔ ہم نے لاکھ کوشش کی کہ وہ راستے سے چلے جائیں لیکن انہیں تو مہمان نوازی کا مظاہرہ کرنا تھا۔ وہ تو اور آگے تک آتے لیکن دو ایک مقامی لوگوں نے سمجھا کر واپس بھیجا۔ انہوں نے واپس جاتے جاتے

بھی مڑ مڑکر ہم کو زوردار آواز میں خداحافظ کہا۔ وہاں موجود تمام مسافر ہماری خوش نصیبی پر رشک کر رہے تھے اور ہم شرما شرما کر داد وصول کر رہے تھے۔ آپ کے دولت کدہ کے قریب ہی قطب مینار ہے (گستاخی معاف، لیکن دلی کارپوریشن نے یہ اچھا کیا بہت سے آثارِ قدیمہ کو ایک جگہ ایڈجسٹ کر دیا ہے) ہم دونوں اس ڈر سے قطب مینار کے اندر نہیں گئے کہ بجلی فیل ہوگئی تو مجتبیٰ حسین صاحب سے ملاقات نہ ہو سکے گی۔ لیکن انہیں ہمارے آنے کی بھنک پڑ گئی تھی اس لیے فوراً حیدرآباد چلے گئے تھے۔ مایوس ہو کر مظفر حنفی صاحب کے ہاں لوٹے۔ وہ ہماری دانست میں پہلی دفعہ اور ان کے چھوٹے بچے کے بقولِ آخری دفعہ ہمارے میزبان بنے تھے۔ موصوف جس طرح ہماری خاطر کر رہے تھے۔ اس سے ہم پہلے ہی ڈر رہے تھے۔

آپ نے فرمایا تھا "خیریت کا خط" لکھنا اس لیے حسبِ ارشاد لکھتا ہوں کہ،

" ہم لوگ بہت ہی خیریت سے اکولہ پہنچ گئے۔ راستہ میں کسی قسم کی پریشانی نہیں ہوئی۔ ساری ٹرین خالی پڑی تھی۔ راستہ بھر ہم اس بوگی سے اس بوگی میں لیٹتے رہے۔ خلافِ توقع ٹرین خالی دیکھ کر دل چاہا کہ ہم خوب لمبے ہو جائیں اور پھر پوری برتھ پر قبضہ کر کے گذشتہ عمر کے سفروں کا بدلہ نکال لیں۔ اس لیے کئی دفعہ ڈرل کے انداز میں ہاتھوں کو سر سے اوپر لیجا کر پوری برتھ پر دَم رو کے لیٹے رہے۔ اب جبکہ ریلوے کا سفر اتنا آسان ہو گیا ہے تو دل چاہتا ہے کہ بار بار آپ سے ملنے آئیں۔ "

حال ہی میں یہاں طنز و مزاح پر ایک سیمنار ہوا۔ اسکی رُوداد آپ کے

سوا کون سنے گا۔ ۲۱ ، ۲۲ ، فروری کو مہاراشٹر اردو اکادمی کے زیرِ اہتمام "مہاراشٹر میں طنز و مزاح" کے عنوان سے اکولہ میں پہلی بار ایک سیمنار ہوا۔ (یہاں کتابیں چھپنے سے سیمنار تک سب کام عموماً صرف پہلی ہی دفعہ ہوتے ہیں۔) ہم پر ترس کھا کر استقبالیہ کمیٹی میں شامل کر لیا گیا تھا۔ بمبئی سے تشریف لانے والے مہمانوں کی ٹرین صبح ۹ ، بجے اکولہ پہنچتی ہے اس لیے ہم ٹھیک ۹ ، بجے بستر سے اٹھے اور سارے گھر میں دندناتے پھرتے رہے۔ چھوٹی بہن نے ناشتہ لا کر رکھا تو یہ کہہ کر مسترد کر دیا کہ آج ناشتہ اتنا ضروری نہیں ہے۔ ظ صاحب آچکے ہوں گے۔ وہ کیا جانے ظ صاحب کی اہمیت، "ظوئے صاحب آئیں یا طوئے صاحب آئیں پہلے ناشتہ کر لیجیے۔"

۲۱ ، فروری کو دوپہر میں سیمنار شروع ہوا۔ سیمنار تنقید کا نشانہ نہ بنے اس لیے دعوت نامے نسبتاً کم عقل لوگوں کو تقسیم کیے گئے تھے (ظاہر ہے ہمیں ضرور ملا تھا) پرنسپل منشی صاحب، خواجہ عبدالغفور صاحب، عبدالستار دلوی صاحب، سید صفدر صاحب اور شیخ رحمان صاحب نے مقالات پڑھے۔ یوسف ناظم صاحب کا نمبر آیا تو شام ہو چکی تھی انہوں نے شروع ہی کیا تھا کہ ہال کے قریب سے ایک شادی کا شور سنائی دیا، وہ رک گئے۔ دوبارہ پڑھنا شروع کیا تو بجلی چلی گئی۔ اسپیکر بند ہو گیا۔ کہا "عجیب شہر ہے۔ کبھی باجے بجتے ہیں، کبھی بجلی چلی جاتی ہے۔" پھر بغیر مائک کے پڑھا اور اندھیرا ہونے کے باوجود کاغذات پر دیکھ کر مقالہ سناتے رہے۔ درمیاں میں ایک دفعہ ظ۔ صاحب سے پوچھا بھی کہ

پڑھوں یا بیٹھ جاؤں تو انہوں نے کہا" بجلی آنے تک تو پڑھتے رہیے۔" زیادہ تر یہی مقالہ پسند کیا گیا۔ اس لیے کہ لوگ سُن نہیں سکے۔ ان کے بعد ظ۔ انصاری صاحب کی تقریر تھی۔ وہ سامعین کو ادھر سے اُدھر بھٹکاتے رہے۔ کسی ریگستان میں بھوکا پیاسا چھوڑ دیا۔ پھر سمیٹ کر اکولہ لے آئے، یہی کہتے رہے کہ خیر چھوڑیئے اس قصہ کو، میں آپ کو کدھر لیکر چلا گیا تھا۔ اب آیئے اصل موضوع کی طرف لیکن سامعین قابل داد ہیں کہ اتنے Exertion کے باوجود تر و تازہ تھے اور ظ صاحب کی سوا گھنٹے کی تقریر سننے کے بعد مزید سننے اور بھٹکنے کے لیے آمادہ تھے کہ اچانک باورچی نے کھانا تیار ہو چکنے کا مژدہ سنایا۔ سیمنار ختم کر دیا گیا۔ اردو اکیڈمی کے ممبر نبیل صاحب جس وقت حاضرین کا ان کی تشریف آوری کے لیے شکریہ ادا کر رہے تھے، آدھے سے زیادہ لوگ ہال سے نکل چکے تھے (شاید اسے ہی نیکی کر دریا میں ڈال کہتے ہیں۔)

رات میں مشاعرہ تھا۔ سردار جعفری اور بشر نواز صاحبان کی آمد متوقع تھی لیکن انہوں نے صرف اشتہارات میں شرکت کی۔ مشاعرے میں نہیں۔ اکولہ آنے سے قبل دونوں کی طبیعتیں ایک ساتھ ناساز ہو گئی تھیں۔ ظ۔ صاحب کے انکار کے باوجود انہیں اناؤنسر بنا یا گیا۔ اس لیے انہوں نے (شاید شرارتاً) شاعروں کو غزل سرائی کے لیے اس طرح مدعو کیا جیسے سرکاری اسپتال میں مریضوں کا نمبر پکارا جاتا ہے۔ چند کو چھوڑ کر تقریباً تمام شعراء کامیابی کے ساتھ ہوٹ ہوئے۔ بارہ بجنے کے ۲ گھنٹے بعد جب دوسرے مشاعرے شروع ہوتے ہیں یہ ختم ہو گیا۔

لوگ کہتے ہیں سامعین سے زیادہ شاعروں کی تعداد تھی ۔حالانکہ سامعین اور شاعروں سے زیادہ تعداد ان لوگوں کی تھی جنہوں نے مشاعرے میں شرکت نہیں کی ۔ اکثریت ایسے شاعروں کی تھی جنہیں اکیڈمی نے مدعو نہیں کیا تھا۔ (دیگر تمام معاملوں میں شاعر نازک مزاج ہوتا ہے ۔ بغیر دعوت کے پڑوس کی شادی میں بھی نہیں جاتا۔ لیکن مشاعرہ دیکھ کر ایسا بے قابو ہو جاتا ہے کہ کچھ نہیں سوجھتا۔)

دوسری صبح یعنی ۲۶ فروری کو مہمان حضرات اکولہ سے ۲۵ کلومیٹر دور بالاپور میں نقشبندیہ لائبریری دیکھنے روانہ ہونے والے تھے (ہزاروں نایاب کتابوں اور قلمی نسخوں پر مشتمل یہ لائبریری واقعی دیکھنے کی چیز ہے کیونکہ یہاں کتابیں پڑھنے کی اجازت نہیں ہے) ہم صبح نو بجے ریسٹ ہاؤس پہونچے تو روانگی کے دور دور تک آثار نہ تھے ۔ ایک سوٹ میں ظ صاحب اور منشی صاحب ابھی ابھی جاگے اور گفتگو کر رہے تھے منشی صاحب کے کچھ پوچھنے پر ظ۔ صاحب نے فرمایا۔ " مگر اقبال کو ہم سے زیادہ جاننے والے لوگ بھی موجود ہیں ۔ جگن ناتھ آزاد ہیں اور' اور بھی لوگ ہیں ۔ ہم نے غالب کو پڑھا ہے اور غالب سے ہمارا پیری مریدی والا معاملہ ہے۔..."

وہ اس موضوع پر کافی دیر بات کرتے رہے ۔ پھر ہاتھ دھو کر دم لئے ہی تھے کہ بازو کے سوٹ سے یوسف ناظم صاحب تشریف لائے اور کہا " کس کی تقریر ہو رہی تھی ؟ ظ۔ صاحب کی ۔ کس موضوع پر ۔ ؟ (پھر خود ہی کہا) ویسے انھیں موضوع

کی ضرورت نہیں پڑتی ۔"

وہیں ہمارے والد صاحب بھی موجود تھے ۔یوسف ناظم صاحب نے ان سے کہا۔ "آپ شکیل میاں کی صحت پر بالکل توجہ نہیں دیتے ۔یہ ایک سال میں بہت دبلے ہو گئے ہیں۔" اباجان نے جواب دیا " ہم خود حیران ہیں' حالانکہ گھر میں ان کو کوئی پریشانی نہیں ہر چیز کی کھانے پینے کی سہولت ہے ۔" یوسف ناظم صاحب بولے" یہ آپ اب بتا رہے ہیں۔ان کو پہلے ہی بتا دینا چاہیے تھا۔"

دھیرے دھیرے دیگر حضرات بھی جا گئے ۔ اس دوران بات چیت کرتے ہوئے ظ۔صاحب اور ہم دھوپ میں کھڑے تھے کہ ظ۔صاحب نے نیم کے درخت کی طرف اشارہ کر کے کہا کہ یہ ہمارا پسندیدہ درخت ہے ۔پھر قریب جاکر تازہ تازہ چھوٹے چھوٹے پتوں کو دیکھا اور ارشاد کیا کہ کاندھوں پر کھڑے ہو کر ان کے لیے توڑ دیں ۔عرض کیا کہ آپ ہمارے بزرگ ہیں۔ دوم اس جملے میں صنعت تلمیح ہے ۔آپ اس بادشاہ کی طرح کسی دن ناراض ہو کر ہماری کسی کتاب کھال اُدھیڑ دیں گے ۔فرمایا کوئی اور بندوبست کرو۔ بندوبست کرنے نکلے ہی تھے کہ شکیل اعجاز۔ شکیل اعجاز کی آوازیں آئیں۔ ہم نے عجلت میں درخت کے چاروں طرف نظریں گھمائیں۔ (احتیاطاً ڈالیوں پر بھی نظر ڈالی) لیکن وہ نظر نہ آئے ۔موصوف بغل کے نیم کی ایک ڈالی پکڑے پتے کھا کر ان کی اہمیت بڑھا رہے تھے ۔ ہم سعادت مندی سے ہاتھ باندھے ان کے پاس کھڑے رہے اور ڈرتے ڈرتے عرض کیا۔ " سر! نیم کے تازہ پتوں کی افادیت بتایئے تاکہ سب کو معلوم ہو۔" انہوں نے اپنے

مخصوص انداز میں رُک رُک کر جواب دیا۔ "نہیں، بس ہم کھاتے ہیں، بچپن سے عادت ہے ہیں کھلانے کی۔ غرض یہ کہ انہوں نے پتوں کی افادیت پر اندھیرا ہی رہنے دیا۔ کوئی روشنی نہیں ڈالی۔ ہم نے ناقص عقل سے یہی نتیجہ اخذ کیا کہ وہ کسی اور کو ان کی طرح عالم فاضل دیکھنا نہیں چاہتے۔

اِدھر گارڈن چے اَرس پر عبدالستار دلوی صاحب اور یوسف ناظم صاحب چائے نوش فرما رہے تھے کہ ہمارے ایک نوجوان دوست جو مقبول سوشل ورکر بھی ہیں تشریف لائے۔ یوسف ناظم صاحب سے ان کا تعارف کراتے ہوئے جب ہم نے یہ کہا کہ یہ صرف کام کے لیے کام کرتے ہیں۔ نام و نمود یا شہرت کی خاطر کام نہیں کرتے۔

تو ناظم صاحب نے برجستہ کہا۔

"اُس کے لیے ہم لوگ ہیں نا۔"

دوپہر میں کُھلا اجلاس تھا۔ یہ ایک طرح سے "وقفۂ شکایات" بھی تھا۔ دو روزہ پروگرام کا سب سے زیادہ گرما گرم حصہ تھا۔ جس کے لیے شہر کے کچھ لوگ دو دن سے ریہرسل کر رہے تھے۔ اس موقعہ پر اکیڈیمی کی مالی اعانت سے شائع شدہ کتب و رسائل کی نمائش بھی تھی۔ اکیڈمی کے دو ممبروں اور دوستوں نے بہت ورغلایا کہ ہم اپنی تیار کردہ تصاویر بھی Exibit کر دیں۔ لیکن ہم ڈر گئے کہ ہڑبڑ بازی میں بھائی لوگ تصاویر لے کر نو دو گیارہ ہو گئے تو کس کا منہ تکیں گے۔

اجلاس شروع ہی ہوا تھا کہ کسی نے خوش ملیح آبادی کے انتقال کی افواہ اُڑا

دی۔ ظ۔ صاحب نے ایک جذباتی تقریر کی۔ اور کہا کہ " عام طور سے کسی شاعر یا ادیب کی موت یا تعزیتی جلسہ میں اس کی ادبی خدمات کا تذکرہ ہوتا ہے۔ لیکن جوشؔ کی موت میرے لیے ایسی ہے جیسے میرے گھر کے کسی فرد کی موت۔ اس لیے میں ان کی ادبی حیثیت کی بجائے ان کی زندگی کے کچھ دلچسپ واقعات آپ کو سناؤں گا۔

اور واقعی ظ۔ صاحب نے آدھے گھنٹہ تک بہت دلچسپ واقعات سنائے (اس کے لیے ایک الگ خط کی ضرورت ہے) ظ۔ صاحب کی تقریر کے باوجود ہم جوشؔ کے انتقال کی خبر ماننے کے لیے تیار نہیں تھے۔ دوستوں نے مختلف دلیلیں دیں لیکن ہم ٹس سے مس نہ ہوئے۔ آخر پچھلی نشست پر بیٹھے ایک پہلوان نے ہماری پیٹھ پر ہاتھ رکھ کر کہا کہ جوشؔ کا انتقال ہوگیا ہے تو ہمیں فوراً یقین ہوگیا۔ اسی شام ۷ بجے یہ لوگ بمبئی واپس روانہ ہوگئے۔ ہم اس بات پر متعجب ہیں کہ ایسے لوگ بھی جو سوائے آئینہ کے کسی اور کو قابلِ اعتنا نہیں سمجھتے تھے۔ ان دنوں ظ۔ انصاری صاحب، یوسف ناظم صاحب اور دوسرے مہمانوں کے اخلاق و علمیت کی تعریفیں کر رہے ہیں۔ ابھی ابھی پتہ چلا کہ خط طویل ہوگیا ہے۔ اس لیے خدا حافظ۔

دعا کا طالب

شکیل اعجاز

عیادت اِسکو کہتے ہیں

○

— ہلو — کون شکیل ؟

— ہاں میں شکیل بول رہا ہوں۔ کون مسرور ؟

— ہوں — کیا طبیعت خراب ہے !

— جی نہیں، یوں ہی ہوا خوری کے لیے باغیچہ چھوڑ، دواخانہ آیا تھا۔ یہاں بستر اچھے لگے تو ایڈمیٹ ہو گیا ہوں۔

____ رتنالو کی صورت کو ! سارے دوست آ آ کر چلے گئے اور تم تیسرے دن فون بھی کر رہے ہو تو شیخ چلی کی طرح ؟

____ تم ساری دنیا کو بے وقوف بنا سکتے ہو شکیل ۔ مجھے نہیں۔

____ وہاٹ مطلب ؟

مطلب کہ بیمار ہونے کے لیے دواخانہ بھی ڈھونڈا تو وہی جہاں خوبصورت نرسیں ہیں بہت دل بہلا چکے اب سیدھی طرح اٹھو اور ہوٹل ہورائزن پہنچو۔ فلم دیکھنے چلیں گے۔

____ سمجھ میں نہیں آتا کس بدبخت ساعت میں تم سے دوستی کی تھی۔ تمہیں کسی بات کا یقین ہی نہیں آتا۔

____ اگر تم قریب المرگ کا بھی اعلان کردو تو یقین نہ کروں۔

____ آخر کیوں ؟

____ یقین کرنے کے بعد عیادت کے لیے اسپتال آنا پڑے گا اور میں اِن دنوں بہت ہی دلچسپ ناول پڑھ رہا ہوں۔

____ یعنی ناول میری جان سے زیادہ عزیز ہوا۔

____ جو صاف سمجھ میں آتا ہو۔ اسے پوچھنا نہیں چاہیے۔

میں نے غصہ میں کریڈل سمجھ کر ایک دوست کی گردن پر فون رکھ دیا اور منہ پھیر کر لیٹا تو ایک اسکرٹ نظر آیا۔ اس میں ایک نرس تھی جو ہاتھوں میں گلاس لیے میری طرف دیکھ رہی تھی۔ کہنے لگی کس کا فون تھا ؟

"ایک عزیز دوست کا تھا۔ کہتے تھے تمہارے بغیر دل نہیں لگتا۔ اگر کل تک گھر نہ لوٹے تو، احتیاطاً کسی دوسرے دواخانے میں بھرتی ہوجاؤں گا۔"

"آپ خوش نصیب ہیں کہ ایسے دوست۔ ـ ـ ـ ـ ـ ـ ـ"

"جی ہاں! اسی کے سہارے تو جی رہا ہوں ورنہ کیا رکھا ہے۔"

یہ کہہ کر میں نے اُس کے ہاتھ سے گلاس لے کر فٹافٹ پی لیا۔ اور واپس کرتے ہوئے کہا۔

"دوا زیادہ کڑوی تھی نا؟"

"ــــ دوا نہیں میٹھا دودھ تھا۔"

"ــــ اوہ۔ شاید میرا دماغ خراب ہوگیا ہے۔"

"ــــ دماغ نہیں زبان۔"

"ــــ ہاں ہاں۔ وہی وہی۔" کہتے ہوئے میں نے چادر سے منہ ڈھانپ لیا۔

جب صورت سے بے وقوفی برسنے لگے تو خوبصورت لڑکیوں سے چھپا لینا چاہیئے۔

چادر اوڑھنے کے بعد آس پاس کے لوگ یہی سمجھ رہے ہوں گے کہ دنیا سے بے فکر سو رہا ہوں۔ لیکن میں اس سمندر کی طرح تھا جو اوپر سے پُرسکون اور اندر سے پُرطوفان ہوتا ہے۔ میں چادر کے اندر آنکھیں کھولے بہت سنجیدگی سے یہ سوچ رہا تھا کہ اب کی دفعہ مسرور سے دوستی ختم ہی کیوں نہ کرلوں۔

مسرور جاوید ہمارے اطراف پائے جانے والے ان لوگوں میں سے ہیں جن

سے تعلقات ہوں تو آدمی تکلیف میں پڑا رہتا ہے۔ لیکن تعلقات قطع کرلے تو اور بھی زیادہ تکلیف میں پڑجاتا ہے۔ اس لیے نہیں کہ یہ بلیک میل کرتے ہیں بلکہ اس لیے کہ ان کی عدم موجودگی میں محفلیں سونی ہوجاتی ہیں۔ بات بات پر شگوفے چھوڑنے والا حاضر جوابی کا مظاہرہ کرنے والا، دوستوں کے لیے ساری دنیا سے اکیلا لڑنے والا کوئی نہیں ہوتا۔ مسرور کی شخصیت رنگا رنگ ہے۔ آپ ان کے بارے میں کوئی ایک رائے قائم نہیں کرسکتے۔ کبھی شعلہ کبھی شبنم۔ ان پر ہمیشہ ہنسی مذاق کا بھوت سوار رہتا ہے۔ جو ملا اس کو دو تین فقرے کہہ کر تلملا دیں گے اور ہنستے ہوئے آگے بڑھ جائیں گے۔ ایسے ویسے لوگ ان کے قریب کھڑے رہنے کو ڈرتے ہیں۔ اس لیے کہ نوبت آنے پر یہ جیمس بانڈ کی طرح اکیلے ہو کر بھی کئی آدمیوں سے لڑ سکتے اور ان پر حاوی ہو سکتے ہیں ان کا سب سے زیادہ عتاب دوستوں پر نازل ہوتا ہے ہر روز کسی نہ کسی کی دل شکنی کریں گے۔ اسے منائیں گے۔ مان جائے تو پھر ستائیں گے۔ کبھی کبھی تو دوستوں کو اجنبی آدمی سے لڑا دیتے ہیں۔ نوبت ہاتھا پائی تک پہنچ جائے تو خود اجنبی سے لڑنے تیار ہو جاتے ہیں۔ یہی وجہ ہے کہ ان کے دوست ہمیشہ ترک و اختیار کی الجھن میں پھنسے رہتے ہیں۔ یہ نہ محبت کرنے دیتے ہیں نہ نفرت۔

آج بھی میں سنجیدگی سے غور کر رہا تھا کہ اب کی دفعہ مسرور سے صاف صاف کہدوں کہ آئندہ تم سے دوستی ختم۔ سوچتے سوچتے نیند لگی۔ صبح جاگا تو چاروں دوست دواخانے میں موجود تھے۔ دوستوں اور غیر دوستوں کی عیادت میں بڑا فرق ہوتا ہے۔ غیر دوست حادثے سے خوش ہو کر غم کا اظہار کرتے ہیں اور دوست غمگین ہونے کے باوجود

خوش نظر آتے ہیں میرے چاروں عزیز دوستوں نے جو عیادت کی وہ اس طرح ہے۔

۱۔ کچھ ہماری پریشانی کا تو خیال کرو۔ ہر مہینہ پندرہ دن میں کام کاج ملتوی کر کے تمہاری عیادت کے لیے آنا پڑتا ہے۔ایک بار مر بھی تو جاؤ۔

۲۔ میں تو رات بھر اس ناکارہ ٹرک ڈرائیور کو ستا رہا جو تمہاری پھٹیچر سائیکل کو زور دار دھکا بھی نہ دے سکا۔

۳۔ تمہاری اس گندی عادت سے ڈر کر کہ تم بیمار پڑتے ہو اور پھر اچھے ہو جاتے ہو میں ایک ناول شروع کر نہیں پا رہا ہوں جسے یکسوئی سے لکھنا چاہتا ہوں۔

۴۔ مجھے بھی یہ سن کر بے حد افسوس ہوا یار ــــــ کہ تم ایک خطرناک حادثے کا شکار ہو کر بھی زندہ بچ گئے۔

۱۔ دوسروں کو نا امید کرنا ان کی پرانی عادت ہے۔

۲۔ خیر چھوڑو یہ بتاؤ آخری عیادت کو کب بلا رہے ہو۔ ؟

(آخری جملہ مسرور نے کہا تھا)

میں نے کچھ کہنے ہی کو تھا کہ میرے ایک شناسا جو خاصے موٹے تازے ہیں۔ عیادت کی غرض سے کمرے میں داخل ہوئے۔ یہ ان لوگوں میں سے ہیں جنھیں دیکھ کر خواہ مخواہ شرارت کرنے کو جی چاہتا ہے۔ مسرور نے انھیں دیکھتے ہی پوچھا۔

ــــ آپ ڈبل روٹی کا کاروبار کرتے ہیں ؟

ــــ جی نہیں۔ ایکسپورٹ کا دھندا ہے۔

—— تو آپ ڈبل روٹی ایکسپورٹ کریں۔ بہت منافع ہوگا۔

—— یہ آپ کیسے کہہ سکتے ہیں ؟

—— آپ کی شکل وشباہت ڈبل روٹی سے ملتی جلتی ہے۔

وہ "اچھا" کہہ کر غور کرنے لگے تو ہم نے اُن سے کہا کہ آپ ان کے بہکاوے میں نہ آئیں آئیں۔ انھوں نے گذشتہ برس انڈلوں کے ایک کامیاب بیوپاری سے کہا تھا کہ آپ کی صورت کُڑک مرغیوں سے ملتی جلتی ہے آپ مرغیوں کا کاروبار کریں اور وہ شخص ان کی ہدایت پر عمل کرکے اِن دنوں پھٹے حال گھوم رہا ہے۔

دوست قہقہے مار کر ہنسنے لگے۔ یہی ان کا واحد مشغلہ ہے۔ کسی نے کوئی بات کی اور یہ ہنسنے لگے۔ کبھی کبھی تو بات سے پہلے ہنس دیتے ہیں۔ دوستوں کی ہنسی سے موٹے صاحب سٹپٹا گئے۔ موٹے لوگ عموماً خوش مذاق ہوتے ہیں۔ لیکن شرارتوں سے گھبراتے بھی ہیں۔ وہ عیادت کیے بغیر گدھے کے سر سے سینگ ہوگئے۔ میں نے مسرور کو منع کیا کہ وہ میرے ملنے والوں سے بدتمیزی نہ کرے۔ وہ بولے" تم ایسے لوگوں سے تعلقات بالکل مت رکھو جنھیں دیکھ کر شرارت کرنے کو جی چاہے۔ ساری دنیا کے مفلوک الحال، مظلوم صورت اور بیوقوف صفت تمھاری شاگردی میں آتے جارہے ہیں۔ ہم تو شرارتوں سے باز نہیں آئیں گے۔"

بحث کچھ اور بڑھتی لیکن خلافِ توقع اِسنو پاوڈر اور عطریات کی مسحور کُن خوشبو نے کمرے پر قبضہ کرلیا۔ پھر چند آنچل لہرائے بعد میں پھولوں کی طرح شگفتہ اور نرم و نازک چہرے نظر آئے ان کے پیچھے میری اسکول لائف کے ایک ساتھی بھی تھے۔ وہ ہائی اسکول

میں جس لڑکی سے پیار کرتے تھے اس نے ان کو ایک طمانچہ رسید کر کے جائے واردات ہی پر ہم سے اظہارِ محبّت کر دیا تھا۔ جب بھی ان کو اس طمانچے کی تکلیف ہوتی ہے بہ دانستِ خود، ہم کو شرمندہ کرنے ایک محبوبہ لے کر چلے آتے ہیں۔ آج شاید زیادہ تکلیف ہو رہی ہو گی۔ اس لیے تین کے ساتھ تھے ہر چند کہ ان سے میرے تعلقات خوشگوار نہیں تھے تاہم میں یہ نہیں چاہتا تھا کہ مسرور ان سے کوئی شرارت کرے۔ لیکن اس کو کیا کیجیے کہ بندر کی موت آتی ہے تو ڈر کے مارے شیر کے سامنے ہی گر پڑتا ہے۔ ایک تو وہ صاحب ویسے ہی ہم سے احساسِ کمتری میں مبتلا۔ دوسرے تین لڑکیوں اور میرے چار دوستوں کی موجودگی نے انھیں مزید اکسایا کہ خواہ مخواہ ہر بات میں رُعب جمائیں خود کو سب سے زیادہ سپر ثابت کریں۔ چنانچہ وہ اُوٹ پٹانگ ہانکنے لگے۔ مسرور پہلے تو خاموش رہے لیکن جب دیکھا کہ وہ انھیں بھی بیوقوف ثابت کرنے پر تُلے ہوئے ہیں تو اُن سے برداشت نہ ہوا۔ تھوڑی دیر بعد ان دونوں میں جو گفتگو ہوئی وہ کچھ اس طرح ہے۔

وہ : ہم چاہتے ہیں کہ شکیل بھائی کی صحت یابی کی خوشی میں ایک پارٹی کا اہتمام ہو۔ اس میں ہم سب شریک ہوں۔ ہم اپنی طرف سے تمام لوگوں کے لیے روٹیاں لانے کا اعلان کرتے ہیں۔

لڑکیاں : میں سالن لے آؤں گی۔
میں کراکری لے آؤں گی۔

میں مٹھائی لے آؤں گی۔

وہ : (مسرور کی طرف تحقیر آمیز نظر سے): اور آپ مسٹر ؟

—— میں اپنے تین دوستوں کو لے آؤں گا۔ (مسرور نے جواب دیا۔)

لڑکیاں اس جواب سے محظوظ ہو کر مسرور کو پیار سے دیکھنے لگیں تو وہ صاحب مسرور سے بولے۔

—— آپ کی تعریف ؟

—— عزت مآب کو مسرور جاوید کہتے ہیں۔

—— اور لوگ مجھے ڈاکٹر صاحب کہتے ہیں۔ ہا-ہا-ہا۔

—— خوشی ہوئی۔ میرے کتے کی طبیعت ذرا خراب ہے۔ اُسے دیکھ لیں تو.....

—— آپ مجھے کتوں کا ڈاکٹر سمجھتے ہیں ؟

—— صورت سے تو یہی دکھائی دیتا ہے ویسے آپ کون سے ڈاکٹر ہیں ؟

—— میں نے پی۔ ایچ۔ ڈی کی ہے۔ ڈپٹی نذیر احمد پر۔

—— پی۔ ایچ۔ ڈی کی بھی تو اُن پر جو زندگی بھر ڈپٹی ہی رہے: نذیر احمد نہ بن سکے۔

—— کیا مطلب ؟

—— مطلب یہ کہ جس طرح ڈپٹی کلکٹر ترقی کر کے کلکٹر بنتا ہے۔ یہ ڈپٹی نذیر احمد سے نذیر احمد کیوں نہیں بنے ؟

—— آدمی کو عقل نہ ہو تو بات نہیں کرنی چاہیئے۔

آپ خود سوچئے۔ میں آپ کو بات کرنے سے کیسے روک سکتا ہوں ؟

— آپ واہیات آدمی ہیں۔

— آئینہ میں دیکھ کر کہیے۔

لڑکیاں ہنسنے لگیں تو ان کو احساس ہوا کہ مسرور سے دوستی ہی عافیت ہے۔ انھوں نے خوشگوار موڈ بنا کر مسرور کی کمر پر بندھے ہوئے قیمتی بیلٹ کو تعریفی نظروں سے دیکھتے ہوئے پوچھا۔

— مسرور صاحب ! اس بیلٹ کی کیا قیمت ہوگی ؟

— ایک ہزار روپے۔

— اچھا ؟ —— کیا خاص بات ہے اس کی ؟

— خاص بات یہی ہے کہ یہ صرف ایک بیلٹ ہے جو ایک ہزار روپے کا ہے۔

آپ کو سیدھے منہ بات کرنا نہیں آتا کیا ؟

ابتداء آپ نے کی تھی انتہا میری مرضی سے ہوگی ویسے آپ خاموش رہیں تو بہتر ہوگا۔

لڑکیاں اب مسور کے قریب آکر چہکنے لگی تھیں لیکن میں خوب واقف تھا کہ یہ لڑکیوں کے حسن کی پرواہ کیے بغیر اُن سے بھی لڑ بیٹھیں گے۔ مسرور کی عادت ہی ایسی ہے وہ کب کیا کریں گے کہنا مشکل ہے۔ ایک دفعہ چھوٹو میاں سے زبردستی پندرہ ٹکہ خرچ کروائے اور ان کے والد سے خصوصی ملاقات کر کے کہا کہ آپ کا لڑکا بہت ہی فضول خرچ ہے اسکو منع کیا لیکن قسم کھائی کہ آج پندرہ روپے خرچ کر کے ہی چھوڑوں گا۔

(دوسرے دن چھوٹو سیاں کے ہاتھ پیروں پر ہلدی کا لیپ کیا ہوا تھا۔)

تینوں لڑکیوں میں جو زیادہ خود پسند تھی کہنے لگی۔

—— واہ مسرور صاحب! آپ بھی کمال کے آدمی ہیں جیسا نام ویسی ہی سدا بہار شخصیت۔ ایسا اتفاق بہت کم ہوتا ہے۔ (شرما کر) مجھے دیکھئے۔ میرا نام نفیسہ ہے اور میں واقعی بہت نفاست پسند ہوں۔

مسرور بولے۔ میڈم نام میں کیا رکھا ہے۔ ہماری شخصیت میں کوئی ایسی کمی ہو جسے ہم کسی اور طرح سے پوری نہ کر سکتے ہوں تو نام رکھ کر کر لیتے ہیں۔ اس لیے نام ہمیشہ شخصیت کے الٹ ہوتے ہیں۔ ذرا غور سے سوچئے تو نام رکھنے کے دو مقاصد ہیں۔ پہلا یہ کہ آدمی کی پہچان ہو۔ کیوں ٹھیک ہے نا؟

—— ہاں جی —— ٹھیک ہے۔

—— جی نہیں۔ بالکل غلط (مسرور نے بیان جاری رکھا) ناموں سے آدمی کی پہچان نہیں ہوتی کیونکہ ایک ہی نام کے کئی آدمی ہوتے ہیں۔ اس وقت نام کے علاوہ خصوصی نشانی بھی بتانی پڑتی ہے۔ جیسے وہ گنجے سر والے جو گدھوں کی طرح گم صُم رہتے ہیں۔ یا وہ جنھیں دیکھ کر جلیبی کھانے کو جی کرتا ہے اور جو مینڈک کی طرح اُچھل اچھل کر چلتے ہیں وغیرہ وغیرہ۔ پہچان ہی کرنا مقصد ہو تو نمبر بھی دیئے جا سکتے ہیں۔ جیل میں قیدیوں کے نمبر ہوتے ہی ہیں۔ وہ تو شروع میں کسی کے ذہن میں نہ آیا ورنہ آج نمبروں ہی کا رواج ہوتا۔ ہو سکتا ہے آپ کا ۲ + ۴ ہوتا۔ (موٹی لڑکی کی طرف اشارہ کر کے

ان کا ۴۲ x ۴۲ ہونا۔ اور یہ (موٹے دوست کو دیکھ کر) $(16)^2$ کہلاتے۔
شکیلؔ میاں دُبلے پتلے ہیں ان کا نام $\frac{36}{9}$ ہو سکتا تھا۔ اَب نام رکھنے کا ایک ہی جواز بچ رہتا ہے وہ یہ کہ ہماری شخصیت میں جس چیز کی کمی ہو اُسے نام رکھ کر پوری کرلیں انتہائی بے وقوف کا نام عاقل آپ نے دیکھا ہوگا۔ جن بچّوں کے نام رئیس ہوئے ہیں وہ عموماً مفلسی میں پیدا ہوتے ہیں۔ ڈرپوک کا نام دلاور۔ اور اس کی ایک نیم زندہ مثال آپ سامنے ہے (میری طرف اشارہ کرتے ہوئے) ان کا نام شکیل ہے۔ یعنی خوبصورت۔ آپ ان کی صورت دیکھئے اور نام۔ دونوں میں کتنا تضاد ہے

تمام دوست اور لڑکیاں میری صورت دیکھ کر زور زور سے ہنسنے لگے۔ میں شرمندگی کے مارے صورت چھپا بھی نہ سکا۔ بس نظریں نیچی کرلیں۔ پھر مسرورؔ کی طرف دیکھا تو وہ مجھ سے زیادہ ستم رسیدہ صورت بنائے بیٹھے تھے۔ جیسے سوچ رہے ہوں ـــــ پتہ نہیں یہ سب کیوں ہنس رہے ہیں ؟

ہنسی ختم ہوئی تو مسرور ایک لڑکی کی طرف اشارہ کرکے بولے۔

ـــــ اَب دیکھیے۔ ان کا نام شگفتہ رُو ہے۔ لیکن صورت پر بارہ بجے ہوئے ہیں۔ اور آپ کا نام نفیسہ ہے۔ لیکن یہ اُجلا لباس پہننے سے پہلے آپ نے جو کپڑے اُتارے ہوں گے وہ کتنے غلیظ ہونگے۔

لڑکیاں تھوڑی دیر منہ پُھلائے بیٹھی رہیں پھر ناراض ہوکر چلی گئیں۔

اور اس ہنسی مذاق کا اختتام میری توقع کے عین مطابق ہوا۔

میں نے کہا۔ دیکھا کیسی حسین حسین لڑکیاں ہم سے ملنے آتی ہیں۔ اچھا یہ بتاؤ ان تینوں میں کونسی سب سے اچھی تھی۔ بولے۔ "چوتھی"

یہ ان کی پرانی عادت ہے۔ کسی کی جان جلانا ہو تو یہی کرتے ہیں۔ ایک دن بہت محنت سے بنائی ہوئی دو تصویریں ان کے سامنے رکھ کر میں نے بڑے فخر سے پوچھا۔" بتاؤ ان دونوں میں اچھی کون سی ہے؟"

"تیسری"۔ (انھوں نے جواب دیا تھا اور زور زور سے ہنسنے لگے تھے۔)

ہم چڑ کر خاموش ہو گئے اور تہیہ کر لیا کہ کل اپنے کسی ایسے چرب زبان اور دست دراز شناسا کو بلالیں جو مسرور سے دو دو ہاتھ نمٹ سکے۔

دوستوں کے چلے جانے کے بعد ہم نے دلیر نامی ایک پہلوان کو پیغام بھجوایا کہ وہ کل شام ۵ بجے دواخانہ پہونچیں۔ دلیرؔ ان لوگوں میں سے ہیں جو کسی کے ساتھ تاش میں ہار جائیں تو کسی دوسرے بہانے سے فاتح سے جھگڑا کر کے اس کو دو تین دفعہ اٹھا کر پٹخ دیں گے۔ پھر دوبارہ تاش کھیلنے بیٹھیں گے۔ اس مرتبہ مقابل جان بوجھ کر ہارنے میں عافیت سمجھتا ہے ہمیں امید تھی کہ مسرورؔ سے نمٹنے کے لیے ان سے زیادہ مناسب آدمی کوئی اور نہ ہوگا۔ اور مسرورؔ کل بھی ضرور دواخانہ آئیں گے۔ وہ ضدی طبیعت کے آدمی ہیں کسی کا پیچھا پکڑ گیا تو اس کی خیر نہیں۔ ویسے یہ ہر چیز سے بے نیاز نظر آتے ہیں۔ خوشی سے بے نیاز، دوستی سے دشمنی سے۔ تعریف سے محبت سے لاپرواہ۔ ان کو احسان جتلانے کی عادت بھی بالکل نہیں ہے۔ شکریہ ادا

کرنے والے سے الٹے ناراض ہو جاتے ہیں۔ لوگوں کو مشورے دینا انکی خاص ہابی ہے۔ ایک پریشان حال شخص نے باتوں باتوں میں ذکر کیا کہ یار اپنے نئے فوٹو اسٹوڈیو کا افتتاح دلیپ کمارے کروانا ہے. لیکن وہ اکولہ آئیں گے نہیں۔"

مسرور بولے۔" ایسا کرو ایک دروازے کی فریم دلیپ کمار کے گھر لے جاکر ربن کٹوالو. پھر اس کو اکولہ کے اسٹوڈیو میں فٹ کر دو۔ آدمی چوکھٹ پر ناک رگڑے یا ناک پر چوکھٹ رگڑے، بات ایک ہی ہے۔"

ایک مرتبہ مجھے بھی مصیبت سے چھٹکارا دلایا. ہوا یہ کہ ایک صاحب نے ان کے مرحوم والد کی تصویر بنانے کے لیے دی اور خوب تاکید کی کہ اس کے سوا دوسری تصویر نہیں ہے اس لیے حفاظت لازمی ہے. وہ مجھ سے کھو گئی۔ موصوف میرے والد کے دوست ہیں. اس لیے اتنی ہمت نہ تھی کہ کھو جانے کی خبر سناؤں. اس لیے ٹالتا رہا۔ رفتہ رفتہ انھوں نے چلنا پھرنا مشکل کر دیا. جب بھی ملتے اصرار کرتے. ایک برس کے بعد کہنے لگے۔" تصویر بنانی نہ ہو تو واپس ہی کر دو۔"

ایک دفعہ مسرور کی موجودگی میں زیادہ ناراضگی دکھائی تو مسرور مجھے الگ لے جاکر بولے ــــــ

ــــــ ایک ترکیب ہے اس کی۔ لیکن پہلے چاروں کو فلم دکھاؤ.

فلم دکھانے کے بعد ترکیب پوچھی تو بولے۔

" ابھی میں نے نہیں سوچی. کل بولوں گا۔"

کل ملاقات کی تو بولے ـــــ

"اُن صاحب کے والد کی صورت ان ہی سے ملتی ہے۔ تم ان کی تصویر بناکر اس میں داڑھی مونچھ کا اضافہ کر دو۔"

مَیں نے ایسا ہی کیا اور تصویر بناکر دے دی۔ جسے انھوں نے بہت قیمتی فریم کرواکر دیوار پہ سجا دیا۔ اب یہ عالم ہے کہ وہ ہر نئے ملنے والے کو تصویر دکھاتے اور "مرحوم۔ مرحوم" کہہ کر تعارف کراتے ہیں۔ مسرور مجھے بلیک میل کرتے ہیں۔ ذرا پارٹی دینے سے انکار کر دوں تو کہتے ہیں ـــ

" کہہ دوں ان سے کہ تصویر تمہارے والد کی نہیں تمہاری ہے۔ اور تم خود کو مرحوم کہتے ہو ؟"

کچھ معاملات میں یہ بے حد سنجیدہ بھی ہو جاتے ہیں۔ کسی کے وہاں موت ہو جائے۔ یہ کام کاج میں مصروف۔ تعزیت کر رہے ہیں۔ رونے والوں کو پانی پلا رہے ہیں۔ کسی دوست کے یہاں شادی ہو تو دو دن پہلے سے کام کاج میں جُٹے ہیں، دوسروں کی ذمہ داریاں اپنے سَر لے رہے ہیں۔ تھکاوٹ سے چُور چُور لیکن ہنسی قہقہے جاری۔ دلہن کی روانگی کے بعد جب اہلِ خانہ ہنگاموں کا اعادہ کرتے بیٹھتے ہیں یا کھانے کا وقت ہوتا ہے تو مسرور غائب۔ نہ گھر پہ نہ دوستوں میں۔ لوگ انھیں ڈھونڈتے پھر رہے ہیں اور یہ کسی دوسرے درجے کے ہوٹل میں خود کے خرچ سے کھانا کھا رہے ہیں۔ تھکاوٹ دور کرنے کے لیے سگریٹ پھونک رہے ہیں۔

اور اس عالم میں کبھی کوئی شامت کا مارا ٹپک پڑ جائے (مل جائے) تو اس کو ستانا شروع۔

ہاں —— تو دوسرے دن شام میں مسرور ذرا پہلے آگئے دلیر بعد میں آئے۔ شروع شروع میں مسرور نے کوئی شرارت نہیں کی۔ اس لیے معتدل گفتگو چلتی رہی۔ موسم خوش گوار تھا اس لیے پتہ نہیں کہاں سے شاعری کا دور شروع ہو گیا۔ غالب۔ مومن۔ میر۔ فیض۔ ندا فاضلی وغیرہ وغیرہ کے اشعار سنائے جا رہے تھے کہ دلیر نے اچانک دو واہیات شعر پڑھ دیئے اور آنکھیں چمکا کر مسرور سے پوچھا۔

- کیسے ہیں ؟
- بہت بڑے شاعر کے معلوم ہوتے ہیں۔
- کیسے معلوم ؟
- بالکل سمجھ میں نہیں آ رہے ہیں۔
- جناب یہ میرے ہیں۔
- اب پتہ چلا کہ آپ نے شاعری شروع کر دی ہے اور اعلیٰ قسم کے واہیات شعر کہہ رہے ہیں۔

دلیر غصے کے مارے سرخ ہوئے ادھر میرے دل میں مسرت کی لہر دوڑ گئی کہ اب آئے گا مزا۔

دلبر بولے۔

--- شاعری سمجھ میں نہ آئے تو لوگ اُسے واہیات کہتے ہیں۔

--- داد نہ ملے تو شاعر کہتا ہے کہ سامعین واہیات ہیں۔

دلبر کی ایک صفت یہ بھی ہے کہ وہ غصہ میں صحیح اُردو نہیں بول سکتے۔ اُلٹ پُلٹ کر دیتے ہیں۔ بگڑ کر بولے۔

— دیکھئے میاں آپ ہم سے مذاق نہ کریں۔

— کیا قباحت ہے؟

— آپ مذاق کرتے ہیں تب کچھ نہیں اور ہم مذاق کریں تو آپ برہنہ (برہم) ہو جاتے ہیں۔

—— کیا مذاق کیا ہم نے ؟

—— کل ہم نے سلام کیا تو آپ آس پاس کیوں دیکھ رہے تھے؟

—— آپ کی بھینگی آنکھوں کی وجہ سے دیکھنا پڑتا ہے۔ کہ مخاطب کوئی اور تو نہیں۔

—— دس برس سے سیوزنیل کمیٹی (میونسپل کمیٹی) میں سروس کر رہے ہیں۔ آج تک ہم کو کسی نے بھینگا نہیں کہا۔

—— بزدل ہوں گے سب۔

—— بزدل ہوتے تو ہر سال تین آدمی خود خورشی (خودکشی) نہ کرتے۔

—— آپ کب کر رہے ہیں —— خود خوشی ؟

سالے تم تو میرا پلاسٹک پرائنٹ Prestige point. بن گئے ہو۔

اور انہوں نے مسرور کو ایک گھونسہ رسید کرنے کے لیے ہاتھ لہرایا۔ مسرور نے وہ ہاتھ پکڑ کر طمانچہ لگادیا۔ پٹاخ کی آواز آئی۔ آس پاس کے لوگ جمع ہوگئے۔ اب دلیر نے زوردار لات ماری تو مسرور بازو میں سرک گئے اور ایک اجنبی شخص نیچے گر پڑا۔ یہ دونوں لڑنے لگے مسرور ریفری کا کام کرنے لگے۔ میں سر پکڑ کر لیٹ گیا کہ ع

جن پہ تکیہ تھا وہی .....

وارڈ بوائے۔ پہلوان نما چوکیدار کے ساتھ دوڑے دوڑے آئے دونوں کو الگ کیا۔ پھر دلیر کی درگت بنائی کہ ان کی وجہ سے اسپتال کا پُرسکون ماحول خراب ہوا۔ انھیں دھکیلتے ہوئے گیٹ کے باہر چھوڑ آئے۔ مسرور قہقہے مارتے جاتے اور میری روہانسی صورت دیکھتے جاتے تھے۔

اگلے دن اسپتال سے چھٹی ہونے والی تھی۔ میں نے سارا اسباب باندھا اور نکلنے کو تھا کہ مسرور آگئے۔ صورت لٹکی ہوئی۔ بال بکھرے ہوئے آنکھیں سوجی سی۔ جیسے روئے بھی ہوں اور جاگے بھی ہوں۔ گلوگیر آواز میں بولے۔

—— میں نے ہمیشہ تم کو تکلیف دی ہے۔ اتنے پیارے دوست کو ستایا ہے۔ مجھ ناچیز کی طرف سے یہ پھل کھالو تاکہ مجھے سکون ملے۔

میں نے چڑ کر کہا:

——میں سنترے نہیں کھایا کرتا۔

——یہ سنترے نہیں ہیں

——میں سیب بھی نہیں کھاتا۔

——میں سیب بھی نہیں لایا۔

——تو کیا لائے ہو؟

——تم کیا کھاتے ہو؟

میں نے نایاب سمجھ کر لال انار کا نام لے دیا۔ انھوں نے تھیلی سے لال انار ہی نکالے اور طشتری مانگی پھر انار چھیلنے لگے دانے نکل چکے تو خود ہی کھانا شروع کر دیا۔ اور خالی طشتری واپس کرتے ہوئے زور زور سے ہنسنے لگے۔ میں دل برداشتہ گھر پہونچا۔ مسٹر ڈرمیرے ساتھ ہی تھے۔ حالانکہ انھوں نے ہی سارا اسباب رکشہ میں رکھا اور گھر پہ اتارا۔ مجھے آرام سے بستر پر لٹایا۔ اپنے خرچ سے موسمی کا رس پڑایا۔ کافی دیر تک سر سہلاتے بھی رہے۔ اس کے باوجود میں ان سے اتنا ناراض تھا کہ تمام رات ان کو زخمی کر کے ایک دفعہ اسپتال بھجوانے کے منصوبے بناتا رہا۔

تیسرے دن آفس سے ملاقات کی۔ ان کو ایک سائیکل پر بٹھایا

خود ایک سائیکل لے لی اور طے شدہ مقام پر (جہاں نسبتاً گھنا جنگل اور ڈھلوان تھا) ان کی سائیکل کو اپنی سائیکل سے زوردار دھکا دے مارا۔

تھوڑی دیر بعد وہاں ایک ایمبولینس دکھائی دی ——— دو وارڈ بوائے ایک زخمی کو اسٹریچر پر لے جارہے تھے۔ دم بھر میں حواس بجا ہوئے تو یہ جان کر بہت تعجب ہوا کہ اسٹریچر پر مسٹر ورما نہیں ہیں ——— میں خود ہی لیٹا ہوا ہوں۔

●

چغد کہیں کا

میں ایک عرصہ سے چوہے کی طرح بھاگا جا رہا ہوں اور وہ تینوں بلیّوں کی طرح میرے پیچھے پڑے ہوئے ہیں۔ قصہ دراصل یوں ہے کہ دوستوں میں سے ایک کی شادی ہو چکی ہے۔ باقی دوؔ کے رشتے طے ہو چکے ہیں۔ صرف میں ہوں جو اب تک ان تینوں کے چٹ پٹے قصے سن کر دل بہلا لیا کرتا ہوں۔ لیکن جس طرح اُلّوؤں کو رات میں سلانا ممکن نہیں، گدھوں کے سر پہ سینگ اور گنجوں کے سر پہ بال اگانا ممکن نہیں اسی طرح

دوستوں کی نازل کردہ آفت کو ٹالنا بھی ممکن نہیں ہے۔ چنانچہ اس دن وہی ہوا جس کا ڈر تھا۔

اس شام ہم حسب معمول رات کے ۱۰ بجے، شہر سے دور ریلوے اسٹیشن کی خوبصورت اور پُرسکون سڑک کے کنارے جگالی کرتے بیٹھے تھے کہ مسرور نے یہ مسئلہ دوستوں کی پارلیمنٹ میں رکھ ہی دیا۔ اُدھر وہ تینوں ادھر میں اکیلا۔ خوب زور لگایا کہ کسی طرح یہ بل Bill کچھ عرصہ کے لے ملتوی ہو جائے لیکن میری ایک نہ چلی اور دوستوں کی سرکار سے باقاعدہ نوٹس دے دی گئی کہ ایک ہفتہ کے اندر تم کو لڑکی تلاش کر لینا ہے۔ ہم اور انتظار نہیں کر سکتے۔ دوستوں کا قطعی فیصلہ سُن کر میں دم سادھ کر بیٹھ گیا وہ تینوں شاید مسکرا رہے تھے پانچ چھ منٹ تک قبرستان کی سی خاموشی رہی پھر میں نے زندگی ہوئی آواز میں ایک سوال کیا اور اپنی دانست میں دوستوں پر احسان کیا۔ ــــــــ

" لڑکی وڑکی تو اپنے کو آج تک کوئی پسند نہیں آئی تم نے کہیں پسند کی ہو تو کہو میں جا کر دیکھ لوں گا۔"

میں سوالیہ نشان بن کر مسرور کی طرف دیکھنے لگا اسی نامعقول نے تو یہ چنگاری لگائی تھی یہ تذکرہ نہ کرتا اور بیٹھے بٹھائے یہ آفت گلے نہ پڑتی۔ لیکن وہ بھی تیار بیٹھا تھا فوراً بولا۔ ــــــــ

ہاں دیکھ رکھی ہے میں نے"

اس کے بعد چھ سات منٹ تک اس کی ذہانت، حسن و سیرت، اخلاق و آداب اور آخر میں اس کے خاندان کی شرافت اور ایسی ہی دوسری خوبیوں پر ورغلانے کے انداز میں بولتا رہا۔ (شیطان کہیں کا)

جب وہ بول چکا تو فہیم نے خود کے جیسی موٹی آواز میں کہا۔

" لڑکی کا نام پتہ تو بتا دو "

مسرور میری طرف دیکھ کر بولا " بتا دوں ؟ "

میں نے اثبات میں گردن ہلاتے ہوئے اس امید آنکھیں بند کر لیں کہ کھلنے تک وہ بول چکا ہوگا۔ لیکن وہ مسکراتے ہوئے بولا۔ " بتا دوں ؟ "

میں نے کہا " ہاں ہاں بتاؤ نا "

وہ پھر بولا " سچ ؟ بتاؤں ؟ "

میں نے کہا " ابے اب بتائے گا بھی یا یوں ہی ترساتا رہے گا۔ مردود کہیں کے۔ "

پھر اس نے ایک فلک شگاف قہقہہ مار کر لڑکی کا نام بتا دیا۔

" میں کب اور کہاں اس کو دیکھ سکتا ہوں ؟ "

میرے اس سوال کے جواب میں مسرور نے جو کچھ کہا اُسے سن کر لگا کہ میں کوئی عام آدمی نہیں ہوں بلکہ کیپٹن حمید ہوں اور کرنل فریدی مجھے خاص کام کی ہدایت دے رہا ہے تفصیل کچھ اس طرح تھی۔

وہ صبح آٹھ بجے کالج پہونچتی ہے لیکن وہاں بہت سارے لڑکے لڑکیاں ہوتے ہیں۔

دیکھنا ممکن نہیں (کالج کے لڑکے البتہ لڑکیوں کو دیکھ سکتے ہیں۔گویا کالج کا ' ایڈمیشن کارڈ لڑکیوں کو کھلے عام دیکھنے کا اجازت نامہ ہوا) اس کا کوئی بھائی اپنا ہم عمر نہیں (اُف ! رومانس میں لڑکی کے بھائی کا رول کتنا اہم ہوتا ہے) مگر یہ صرف اُس کے والد ہوتے ہیں۔ جو کسی کا آنا پسند نہیں کرتے (تحقیق کرنے پر پتہ چلا کہ ایک دن کوئی شخص ان کے گنجے سر پر چپت رسید کر کے چلتا بنا۔ اُسی دن سے اُنہوں نے باقاعدہ ورزش شروع کی ۔ بندوق خریدی اور لوگوں کی آمد و رفت ممنوع قرار دے دی :)

تفصیلات نے اس لڑکی کو دیکھنے کی آرزو شدید کر دی یہ تینوں اپنے اپنے گھروں میں رات گئے اطمینان سے سو گیا اور میں رات بھر جاگ کر اس کیس پر جاسوسی الوؤں کی طرح غور کرنے لگا۔خود پہ حیرت بھی ہوئی کہ میں اتنے اچھے منصوبے کیسے بنالیتا ہوں' میں اپنے آپ کو ماہرِ جاسوسیات سمجھنے لگا بلکہ رات کے چار بجے جب ذہنی رَو ذرا بہک گئی تو یہ بھی سوچا کہ کہیں نوکری نہ ملی تو سی آئی ڈی ' ڈیپارٹمنٹ میں چلا جاؤں گا۔ اس خیال نے چونکہ میرا ایک معاشی مسئلہ بھی حل کر دیا تھا اس لیے آسانی سے نیند لگ گئی۔

صبح اٹھا تو نو بجکر سات منٹ اور اٹھائیس سیکنڈ ہو رہے تھے ۔(اس دن زندگی میں پہلی دفعہ سیکنڈ سیکنڈ کا حساب رکھا) خوب زور لگا کر دانت گھسے (اُس دن جو کمزور ہوئے تھے آج تک ہلتے ہیں ۔) زور زور سے جسم کو گھس کر

نہایا۔ خاص موقعوں کے کپڑے پہنے ۔اِن شرٹ کیا۔بیلٹ لگایا۔ چھ سات منٹ تک بال سنوارے۔ (جو اُس وقت آٹے میں نمک برابر تھے اب تو صرف آٹا ہی رہ گیا) جوتوں پر پالش کروا کے منگایا۔ آج خوشی میں چھوٹے بھائی سے باقی پیسے بھی واپس نہ لیے۔ وہ حیرت سے منہ تکنے لگا پتہ نہیں کیا سوچ رہا تھا ہر طرح سے تیار ہو کر دھڑکتے دل سے گھر سے باہر قدم رکھا لوگ مجھے غور سے دیکھنے لگے دروازوں اور کھڑکیوں میں لڑکیوں کی ہلکی ہلکی ہنسی کا بھی احساس ہوا دل نے کہا تیرا مذاق اڑا رہی ہیں میں نے کہا نہیں تجھے اس حالت میں دیکھ کر خوش ہو رہی ہیں۔ دل کچھ اور کہنا چاہتا تھا لیکن میں ناگوار باتیں سننے کے موڈ میں نہیں تھا۔ کالج کے تمام اسٹوڈنٹس جس سڑک سے واپس ہوتے تھے وہاں ایک ٹوٹے ہوئے ٹرک کی اوٹ میں چھپ گیا کچھ دیر بعد پوری سڑک چھپ گئی۔ کچھ سائیکلوں پر۔ کچھ کاروں میں، کچھ پیدل۔ لیکن میں ان سب سے بے نیاز صرف رکشا کی تلاش میں تھا جس کا دور دور تک پتہ نہیں تھا۔ دھیرے دھیرے اسٹوڈنٹس کی تعداد کم ہونے لگی اور میرا دل ڈوبنے لگا اچانک دور کہیں رکشا کی آواز آئی۔ لپک کر دیکھا تو ایک بیل کے بچے کو رکشا میں لاد کر شاید دواخانہ لیجایا جارہا تھا۔ میں ناامید ہو کر سید حامسرور کے گھر پہونچا اور کہا کہ اب گھر کا پتہ بتاؤ کالج کے چکر میں تو سارا دن نکل گیا۔ پھر ہم دونوں کافی دیر تک باتیں کرتے رہے۔ وہ شادی شُدہ زندگی کے روشن پہلوؤں پر بولتا رہا۔ باتوں باتوں میں یہ بھی بتایا کہ لڑکی کے والد کل شام آموں کی تلاش میں تھے

ع تقریب کچھ تو بہر ملاقات چاہیئے۔

میں نے وہاں سے نکل کر تیس چالیس عمدہ آم خریدے اور اپنے کمرے میں اس ترکیب سے چھپا دیا کہ کسی کو کانوں کان خبر نہ ہوئی۔ اس رات جلدی سو گیا۔ دوسرے دن صبح ویسی ہی تیاری کی اور چپکے سے تھیلی اٹھا باہر نکل گیا۔ (کھڑکیوں دروازوں پر احتیاطاً نظر ڈالی لیکن صبح کے چار بج رہے تھے اس لیے سارا محلہ سو رہا تھا۔) مسرور نے بتایا تھا کہ اُس کے والد کا نام بہادر جنگ تصور ہے۔ راستہ بھر یہی سوچتا رہا کہ جیسا کہ نام سے ظاہر ہے وہ ایک خوبصورت سفید رنگت والے اور صحت مند شخص ہوں گے انکی آواز....

مطلب یہ کہ اسی قسم کی باتیں سوچتا ہوا اُن کے گھر پہونچا۔ (سورج طلوع ہو چکا تھا۔) کال بیل دبائی۔ دو قدم پیچھے ہٹ کر انتظار کرنے لگا۔

پانچ منٹ بعد دروازہ ایک جھٹکے سے کھلا۔ قدآور، صحت مند پکے کلر کا آدمی بنیان اور سفید سفید نیکر پہنے، سیدھے ہاتھ میں سفید کپڑا اور بائیں ہاتھ میں دو نالی بندوق لیے نمودار ہوا۔ دور کہیں سے آواز آتی ہوئی محسوس ہوئی۔ "کیا حکم ہے میرے آقا۔" اُن کی بڑی بڑی مونچھیں اوپر کی طرف مُڑی ہوئی تھیں۔

___ "کون چاہیئے ؟" انہوں نے پہلی بار کہا اور مجھے لگا کہ بہت

ہی وزنی پتھر پہاڑ سے لُڑھکتا ہوا چلا آرہا ہے۔ سارا جنگل سہما ہوا ہے۔

——"جی مجھے بہادر جنگ صاحب سے ملنا ہے"۔ میں آج تک فیصلہ نہ کرسکا کہ یہ آواز میرے ہی حلق سے نکلی تھی۔ بالکل چڑیوں جیسی آواز تھی۔

——"میں ہی ہوں"۔ اُنہوں نے جواب دیا۔

دِل میں کہا آپ ہی ہیں ؟ آپ کا نام تو درۂ خیبر۔ کنچن چنگا۔ بحرا وقیانوس جیسا کچھ ہونا چاہیئے تھا۔

" تم کون ہو ؟ " انہوں نے پوچھا۔

وہ تمام مکالمے ذہن سے نکل گئے جو کل رات سے یاد کرتا رہا تھا۔

سمجھ میں نہ آیا کہ کیا کہوں۔

وہ پھر گرجے " ارے کون ہو تم ؟ "

" جی میں آم ہوں —— ج ج نہیں آپ آم ہیں۔"

" کیا بکتے ہو۔"

" آپ کل آموں کی تلاش میں تھے۔ میں آم لایا ہوں" تھیلی ان کیطرف بڑھادی۔ انہوں نے ایک دو آم اٹھاکر اوپر نیچے سے' آڑو بازو سے دیکھے۔ پھر بُری بُری صورت بناکر کہا۔"کس نے بھجوائے ہیں یہ آم ؟"

" وہ آموں کے بہت بڑے بیوپاری ہیں۔ میں اُن کا لڑکا ہوں۔"

انہوں نے جو سوال نہیں پوچھا تھا۔ اسکا جواب دے دیا۔

"بیوپاری کے لڑکے ہو؟" انہوں نے "لڑکے" پر اس طرح زور دیا کہ میں نے بڑی پھرتی سے خود پر نظر ڈالی کہ کہیں اندھیرے میں شلوار قمیض پہن کر تو نہیں آ گیا۔ انہوں نے بے نیازی سے ایک دو ہاتھ بندوق پر مارے۔ نال میں زوردار پھونک ماری۔ پھر میری طرف دیکھے بغیر کہا۔

"آموں کا دھندہ ابھی ابھی شروع کیا ہے؟ کیریوں کو آم کہتے ہو؟"

وہ پیچھے مُڑ گئے اور زور سے دروازہ بند ہونے کی آواز آئی۔ زندگی میں پہلی بار احساس ہوا کہ دماغ ہوتے ہوئے بھی کبھی کبھی ایسا لگتا ہے جیسے کوئی نکال لے گیا ہو اور کھوپڑی میں صرف ٹھنڈی ہوا رہ گئی ہو۔

مطلب یہ کہ ——

ع　بہت بے آبرو ہو کر اُس کے کوچے سے میں نکلا

آٹھ بجنے میں تیرہ منٹ باقی تھے۔ مسرور کے بیان کردہ حُلیہ والی حسین دوشیزہ میرے ذہن و دل کو گدگدانے لگی۔ میں نے اپنے دل کو سنبھالا اور اُس سڑک کے کنارے کھڑا ہو گیا کیونکہ یہیں سے ہو کر رکشہ گذرے گا۔ سَوا آٹھ بجے تشویش ہوئی کہ قسمت یہاں بھی مذاق کر لے۔ یہ خیال بھی آیا کہ شروع کے ایک دو پیریڈ آف ہوں گے اس لیے محترمہ اطمینان سے نکلیں گی۔ کسی نہ کسی طرح اپنے آپ کو تسلیاں دیتا رہا اور وہیں جما رہا۔ نظریں سڑک پر صرف ایسے رکشہ کی تلاش میں تھیں جس میں لڑکی بیٹھی ہو۔

تھوڑی دیر بعد ایک رکشہ لڑکی سمیت تیزی سے آتا دکھائی دیا۔ سب سے پہلے اس کی چپلیں نظر آئیں۔ (میرا ہاتھ غیرارادی طور پر اپنے گنجے سر پر گھوم گیا۔) چپل کے بعد پیر نظر آئے۔ (دل زور سے دھڑکنے لگا۔) پھر کمر کے اوپر کا حصہ۔

پھر اور اوپر کا حصہ۔

دل کی دھڑکن ریلوے انجن سے مقابلے پر تُلی ہوئی تھی۔

پھر گردن نظر آئی۔ اور اب صورت نظر آئے گی جس کے لیے دو دن اور دو راتوں سے پریشان ہوں۔ عین اُسو قت ایک زوردار ہاتھ میرے کندھے پر پڑا۔ دیکھا تو بھائی جان کے ایک دوست تھے۔

"___ ارے کیوں پپو یہاں کیا کر رہے ہو؟"

"___ جی کچھ نہیں ___ ایسے ہی ___ میں ذرا ___"

اُن کا لحاظ بالائے طاق رکھ کر سڑک پر پھرتی سے نظر دوڑائی تو رکشہ غائب تھا۔ پیچھے پلٹ کر دیکھا تو لڑکی کی پُشت نظر آرہی تھی۔ رکشہ کے پیچھے "گڈ بائے" لکھا تھا اور ایک قہقہہ بردوش ہیرو کی تصویر تھی۔

رکشہ کے پیچھے پیچھے کالج پہونچا کہ آج اس بات کا فیصلہ ہو جانا ہی چاہیئے۔ میں ایک ٹرک کے پاس گیارہ بجنے کا انتظار کرنے لگا۔ کسی شناسا کو آتے جاتے دیکھ کر وقتاً فوقتاً ٹرک کے پیچھے چھپ جاتا۔

صبح سے اب تک کی پریشانی نے حلیہ بدل کر رکھ دیا تھا۔ بال بکھرے ہوئے چہرے پر ہوائیاں اڑتی ہوئیں۔ قمیض کا اگلا دامن "اِن" اور پچھلا دامن باہر لٹک رہا تھا۔ شوز کی لیس کھلی ہوئی تھی۔ ایک آستین چڑھی ہوئی اور دوسری کا بٹن لگا ہوا تھا۔ لیکن اب ان سب باتوں کی کسے پرواہ تھی۔

اسٹوڈنٹس دھیرے دھیرے باہر آنے لگے۔ تھوڑی دیر میں وہی لڑکی دو لڑکوں کے ساتھ باتیں کرتے ہوئے اسی طرف آرہی تھی۔ میں ٹرک کے نیچے چھپ گیا پھر جیسے ہی وہ میرے بالکل سامنے آئی آنکھیں چوندھیا گئیں خود کی آنکھوں پر اعتبار نہ آیا۔ لڑکی تو سو فیصد وہی تھی جس کی پشت رکشہ میں نظر آئی تھی۔ وہی لال ربن۔ وہی گلابی دوپٹا۔ اور قمیض ——۔

لیکن اب مجھے مسرور پر غصہ آرہا تھا یہ صاف اس کی شرارت تھی کیونکہ لڑکی اس کے بیان کردہ حلیے کے بالکل الٹ تھی۔ موٹا بھدّا جسم پکّا کالا کلر۔ بہت بدتمیزی سے باتیں کر رہی تھی۔ علاؤالدین کے جن کی طرح قہقہہ لگا رہی تھی۔ اس کی روانگی کے بعد میں ٹرک کے نیچے سے نکلا اور اپنے کمرے پہنچ کر دروازہ اندر سے بند کرلیا۔

شام میں ۹ بجے ریلوے اسٹیشن جانے لگا تو دل و دماغ میں زلزلہ آیا ہوا تھا۔

وہ تینوں اُسی جگہ بیٹھے ہوئے تھے۔

میں جوں جوں قریب پہنچتا گیا دبی دبی ہنسی کی آوازیں آنے لگیں۔ پھر ایک فلک شگاف قہقہہ سنائی دیا۔

یہ قہقہہ سوائے مسرور کے اور کس کا ہو سکتا ہے۔

"چُغد کہیں کا۔ چلغوزہ کہیں کا۔"

ریڈیو

O

ریڈیو عموماً دو طرح کے ہوتے ہیں ایک وہ جن سے آوازیں نکلتی ہیں اور دوسرے وہ جنمیں سے کوئی آواز نہیں نکل سکتی اور یہ خاموش زندگی بسر کرتے ہیں۔

عشق و محبت کا ایک انداز یہ بھی ہے کہ جو دور بھاگتا ہے اُسے لوگ بے انتہا چاہتے ہیں ملتفت کرنے کے لیے لاکھ جتن کرتے ہیں اور جیسے ہی

وہ پیار کرنے پر آمادہ نظر آتا ہے اس سے لاپرواہ ہوکر کسی دوسرے بے اعتنا، بے وفا کی تلاش میں نکل جاتے ہیں کم و بیش یہی معاملہ ریڈیو کے ساتھ روا رکھا جاتا ہے چنانچہ بولنے والے ریڈیو کو تو کوئی نہیں سنتا۔ نہ بولنے والے کا ہر زبان پر تذکرہ ہوتا ہے۔

——— ارے اس کو جلدی ٹھیک کرو۔

——— اسکی خاموشی سے کیسا سونا لگتا ہے۔

بہت دنوں بعد صاحب خانہ کو احساس ہوتا ہے کہ واقعی اسے ٹھیک کرانا چاہیے احساس بھی اس لیے ہوتا ہے کہ بیوی کی زبانی دوسروں کی شکایتیں اور خود کی فرمائشیں سنتے سنتے کان پک جاتے ہیں اور یہ پھر بھی جھرنے کی طرح پھوٹتی ہی رہتی ہیں تو خیال آتا ہے کہ اس زبانی جنگ وجدال کو عدم تشدد سے بند کرنے کا یہی راستہ ہے کہ ریڈیو ٹھیک کرالیں۔ اعلان ہوتا ہے کہ ریڈیو بولنے لگے گا۔ سب کے چہرے کھل اٹھتے ہیں البتہ پڑوسنوں کے چہرے اتر جاتے ہیں کہ ہائے اب اس گھر سے جھگڑے سنائی نہ دے سکیں گے۔

ریڈیو کو گھر کے ایک کونے سے برآمد کیا جاتا ہے۔ بچے گھیر لیتے ہیں اچھلتے شور مچاتے ہیں۔ اسے ٹھیک سے پہچاننے کے لیے کہ واقعی ریڈیو ہی نئی بنیان سے صاف کیا جاتا ہے۔ چلیے اوپر کا کیس صاف ہوا اب اندر کا مرحلہ۔ پیچھے سے کھڑکی کھولتے ہی ایک چوہا نکل بھاگتا ہے حاضرین محفل سہم جاتے ہیں۔

ایک بچہ ہمت کرکے اندر جھانکتا ہے تو چیخ پڑتا ہے اندر دو چوہے آنکھ مچولی کھیل رہے ہیں۔

—— ارے باپ رے سارے تار کٹ گئے سب چوہوں کا کارنامہ ہے

—— کمبختوں نے گھر بنا رکھا تھا ریڈیو کو۔

—— اور یہ کیا ہے ؟

—— باہر نکال کر دیکھو۔

—— یہ تو ککّو کا پین ہے جس کے لیے انہوں نے گھر کا کونہ کونہ چھان مارا تھا۔ آخر سَرو پر شک کیا۔ پھر خود ہی یقین کر لیا کہ اسی نے گم کیا ہوگا خوب لڑائی ہوئی تھی۔

—— پین یہاں رکھا رہا اور گھر میں جھگڑے ہوتے رہے۔

—— اور یہ سب چوہوں کی کارستانی تھی۔

کسی طرح ریڈیو صاف ہو چکتا ہے۔

—— اب کس کاریگر پر اعتبار کریں ؟

—— چلو ایسے لوگوں سے پوچھ گچھ کی جائے جن کے ریڈیو ہمیشہ بگڑتے رہتے ہیں۔

اس دن سے آفس جاتے اور لوٹتے وقت بازپرس جاری رہتی۔

—— "کسی ریڈیو والے کا پتہ چلا ؟ "

تین دن تو ہو چکے اب اور کتنوں سے پوچھنا ہے ؟ میں تو کہتی ہوں کسی کے بھی ہاں دے دو۔

—— بیٹا، تم خود ہی ریڈیو کا کام کیوں نہیں سیکھ لیتے ؟

ایک صاحب کا پتہ چلتا ہے جو اتفاق سے صاحب خانہ کے دوست ہیں۔ ریڈیو سائیکل پر رکھ کر نکلتے ہیں گھر میں خوشی کی ایک لہر کی بجائے پوری ندی دوڑ جاتی ہے۔ بچے کچھ دور چھوڑ جاتے ہیں۔ پڑوسی کھڑکیوں اور دروازوں سے جھانکتے ہیں۔ سارا کنبہ ہاتھ ہلا ہلا کر خوش رہو کہتا ہے۔ جیسے دلہن کی رخصتی ہو رہی ہے

ننو بھائی ریڈیو کاریگر کی دکان جو جان بوجھ کر گھر سے بہت دور ہے اور جس تک پہنچنے میں کئی گلیاں، اونچے نیچے راستے اور بھول بھلیاں ہیں، آدھ گھنٹہ بعد آتی ہے۔ دل تو یہ چاہتا ہے کہ ننو بھائی کی ایک نظر پڑتے ہی ریڈیو سے پسندیدہ گیت بجنے لگیں۔ یا کم سے کم یہ تو ہو کہ وہ سارے کام چھوڑ کر پہلے اسے سدھار دیں لیکن وہ اپنے تین نئے ماتحتوں کو بہت کاوش سے ریڈیو بگاڑنا سکھا رہے ہیں۔ ریڈیو کے جو حصے بالکل صحت مند ہوں انہیں کھول کھول کر تحقیق کی جا رہی ہے کہ آخر یہ کیوں خراب نہیں ہوئے۔ کافی دیر بعد ننو بھائی متوجہ ہوتے ہیں۔

—— کہیے فخرو بھائی کیسے آنا ہوا ؟

—— میں بہت دنوں سے بگڑا ہوں ذرا سدھار دیجیے۔ لائٹ بھی نہیں

سُلگتے اور آواز بھی نہیں نکلتی۔

—— لائٹ کے لیے تو آپ آنکھوں کے ڈاکٹر کو دکھائیے۔ اور آواز کیلئے گلے کے ڈاکٹر کو۔

اب یہ شرمندہ ہوجاتے ہیں۔ بات چیت دوبارہ شروع ہوتی ہے۔ کافی دیر کی تمہید کے بعد نفسِ مضمون آتا ہے یعنی ریڈیو کھولا جاتا ہے۔ اور ہزار باتیں ریڈیو کمپنی کو، گھر والوں کو اور صاحبِ خانہ کو سنائی جاتی ہے کہ یہی حشر کرنا تھا تو خریدا کیوں تھا اور اب اس حال کو پہنچا دیا ہے تو ہماری دکان کی بجائے کسی کباڑ خانے میں لیجانا چاہیئے تھا۔ اس دوران چوہوں پر کیے گئے سائنسی تجربوں کو سراہا جاتا ہے۔ چوہوں کو ختم کرنے کے مختلف طریقوں اور دواؤں کی تعریف ہوتی ہے۔ آخر میں بنّو بھائی اپنی آنکھوں اور گردن کی جُنبش سے گویا یہ جتاتے ہیں کہ وہ ریڈیو کے مرض کی تشخیص کر چکے ہیں۔ صاحبِ ریڈیو بے چین کہ بنّو بھائی اپنا فیصلہ سُنادیں کہ کتنے دن میں ٹھیک ہوجائیگا۔؟ کتنے پیسے لگیں گے؟ اس کے بعد قیامت تک خراب تو نہیں ہوگا؟ وغیرہ وغیرہ۔ لیکن وہ ہدایتکاری میں مصروف تھے چنانچہ گفتگو اس طرح ہورہی تھی۔

—— ہاں تو جناب آپ کا ریڈیو میں نے دیکھ لیا ہے۔

میاں چینگاری، پیچ کس اس طرح پکڑتے ہیں؟ ریڈیو ٹھیک کر رہے ہو یا مچھلیاں پکڑ رہے ہو۔؟ کئی دفعہ کہا کہ تمہارے ہاتھ صرف جیب کاٹ سکتے ہیں۔

تالے توڑ سکتے ہیں لیکن والد کی خواہش ہے کہ فرزند ریڈیو پہ ٹپے زر بنیں گے۔

—— تو فخرو بھائی! آپکا ریڈیو —— اے میاں

اے میاں۔ کہاں دیکھ رہے ہو؟ اُدھر وہ تار جل جائیگا۔ سڑکوں پر ذرا کم ہی

دھیان رکھا کرو۔ آج کل کے لونڈوں کا سارا دھیان ہیروگری میں لگا ہوا ہے

—— ہاں تو میں کہہ رہا تھا کہ آپ کا —— جو

ریڈیو ہے۔ —— ارے مِٹھّو! ذرا دو چائے تو لو لنا۔

بادشاہی چائے لانا۔ یہ میرے دوست ہیں بہت دنوں بعد آئے ہیں۔ اسکول

میں میرے ساتھ پڑھتے تھے۔ جب سے اسکول چھوڑا کم ہی ملنا ہوتا ہے۔ بڑے

شہروں میں کس کو اتنی فرصت ہے کہ کام کاج چھوڑ کر ------------

—— آپ میرے ریڈیو کے بارے میں فرما رہے تھے؟

—— ہاں

—— ہاں تو خدا کے لیے جلدی کیجیے۔

—— ایسی بھی کیا جلدی ہے صاب —— بیٹی تم یہاں آؤ

شاباش —— کیا پیاری بچی ہے —— کس کی ہے؟

—— کسی کی بھی ہوگی۔ آپ ریڈیو کے بارے میں کہیئے صاب!

—— ہاں۔ ریڈیو میں نے دیکھ لیا ہے —— مِٹھّو میاں

چائے ابھی تک نہیں آئی؟ یہ چائے والے بھی جانے کہاں کہاں کیتلی لے کر

گھومتے ہیں بس وہیں دیر لگاتے ہیں جہاں جلدی ہوتی ہے۔

—— تو میرا ریڈیو ٹھیک ہو جائیگا؟

—— کیوں نہیں پرانا ماڈل ہے۔

—— پرانا ماڈل اچھا ہوتا ہے یا خراب ؟

—— پرانی چیز تو اچھی ہی رہے گی۔ ویسی مشینیں اور پرزے اب کہاں بنتے ہیں۔

—— اچھا! یہی ریڈیو ہم ایک عدد اور خریدنا چاہیں تو کتنے میں مل جائیگا گا ؟

—— ملے گا ہی نہیں —— ایسی چیزیں کون بیچتا ہے۔

—— تو بتائیے نا اسمیں کیا خرابی ہے ؟

—— ہاں بتاتا ہوں۔ آپ کے ریڈیو میں —————— مٹھو میاں کہاں چلے گئے تھے؟ ایک گلاس پانی تو پلانا اور دو پان لانا ایک میرا اور ایک اِنکا۔ کیا پان کھائیں گے آپ ؟

—— (ٹیبل پر زور سے مکا مارتے ہوئے) چائے اور پان کو گولی مارو۔ گھنٹہ بھر سے ایک ہی جگہ اٹکے ہوئے ہو۔ سیدھی طرح بتادو نہیں تو یہ منھ اٹھا کر تمہارے ریڈیو پر تھوک دونگا۔

—— (اب دوکاندار کو بھی غصہ آجاتا ہے) تمہارا ریڈیو میں نے دیکھ لیا۔

ہے۔ یہ بہت واہیات ہے۔ اس کو اٹھا کر کسی کباڑ خانے میں پھینک دو۔ درست کرنے میں جتنے پیسے لگیں گے۔ اتنے میں نیا مل سکتا ہے۔

ریڈیو پچاس روپے میں بیچ دیا جاتا ہے۔ بچّے نئے ریڈیو کے لیے مچلتے ہیں۔ اگلے ماہ ایک نیا ریڈیو گھر آتا ہے اور اس کی دِل شکنی یوں کی جاتی ہے۔ کہ اس کے بولتے ہی لوگ بھی بولنا شروع کر دیتے ہیں۔ ایک کلاس ٹیچر کی بے عزّتی یہ ہے کہ اس کے بولتے وقت بچّے باتیں کریں۔ ایک مُقرّر کے لیے یہ باعثِ ذلّت ہے کہ وہ تقریر کرے اور لوگ گفتگو کریں پھر ریڈیو کے لیے کیسے گوارہ کیا جائے کہ سُننے والے بھی بولتے رہیں۔ لیکن ہوتا وہی ہے جو نہیں ہونا چاہیئے (منظورِ خدا وہی ہوتا ہوگا) ہم نے اکثر ایسے منظر دیکھے ہیں کہ چند اشخاص بیٹھے خوب باتیں کر رہے ہیں۔ باتوں کا ذخیرہ ختم ہوا۔ محفل میں سنّاٹا چھایا اور کسی نے ریڈیو شروع کر دیا۔ واہیات قسم کے گیت خاموشی سے سُنے جا رہے ہیں اور جیسے ہی کوئی پسندیدہ گیت بجا، ہر شخص نے باری باری اس کی قصیدہ خوانی شروع کر دی۔ یہ قصیدہ خوانی گیت بجنے تک جاری رہتی اور اس کے ختم ہوتے ہی ختم ہو جاتی ہے۔ پھر افسوس کیا جاتا ہے کہ اُف۔ اتنا اچھا گیت باتوں میں نکل گیا۔ اس کے بعد طویل خاموشی اسوقت تک چھائی رہتی ہے جب تک دوسرا اچھا گیت شروع نہیں ہوتا۔

ہر شخص اپنی ضرورت اور سوجھ بوجھ کے مطابق کسی چیز کا استعمال کرتا ہے اِس لیے ایک چیز کے کئی استعمال ہوتے ہیں۔ مثلاً کسی کا گنجا سر، موسم کا حال معلوم کرنے کے لیے بھی ہوتا ہے۔
جوتے پیر میں پہننے کے علاوہ سبق سکھانے کے لیے۔ ٹوپی سر چھپانے کے علاوہ چندہ مانگنے کے لیے۔ اور کھڑکی کے پردے راہ گیروں کی نظروں سے بچنے کے علاوہ تانک جھانک کرنے کے کام بھی آتے ہیں۔ کتاب کو لے لیجئے بظاہر یہ علم حاصل کرنے کا وسیلہ ہے ہزار میں تین چار ایسے بھی نکل آئیں گے جو واقعی اس سے علم حاصل کرتے ہوں گے لیکن عموماً یہ کثیر الاستعمال پائی گئی ہے۔ اُمّی اس کو اِدھر اُدھر پھینک کر غصہ کا اظہار کرتی ہیں۔ بچے ورق الگ کر کے شرارتوں کی ابتدا کرتے ہیں۔ دکاندار اسمیں شکر، دال، نمک وغیرہ باندھ کر پیسے کماتے ہیں اور تو اور بلّی اپنے بچّوں کو شکار کرنے اور جھپٹنے کی تربیت دینے کے لیے بھی اسی کو تختۂ مشق بناتی ہے۔ بالکل اسی طرح ریڈیو کے بھی کئی استعمال ہیں۔

بچے اسے پڑھائی سے فرار حاصل کرنے میں معاون و مددگار پاتے ہیں۔ نوجوان پرانی فلموں کے گیت خصوصاً ٹکیش اور بدآشا کے غمگین نغمے سنتے ہیں اور ان لوگوں کی عقل پر سخت حیرت کرتے

ہیں۔ جنھیں سنگیت سے دلچسپی نہیں جوانی اور بڑھاپے کے بیچ میں لٹکنے والے لوگ اپنے کانوں پر، زیورات کیطرح عالمی خبریں سجا کر گھومتے ہیں۔ سائنسی ایجادات اور تحقیقی انکشافات پر آنکھیں لگائے رہتے ہیں۔ (یہ لوگ خبریں سنتے وقت ریڈیو کو غور سے دیکھنا ضروری سمجھتے ہیں) بچوں کو ڈانٹتے بھی ہیں کہ "اس عمر میں معلوماتی پروگرام سُننے چاہئیں۔ علمی و ادبی گفتگو میں جی لگانا چاہیئے۔ اور تم ہو کہ بس بُرے بُرے گلوں کے گیت سنتے ہو!" کوئی بچہ ہمت کر کے سوال کا گرم گرم پانی ان کے گنجے سر پر اُلٹ دے کہ "آپ ہماری عمر میں کیا سُنا کرتے تھے؟" تو ریڈیو کی آواز بڑھا دیتے ہیں۔ عمر رسیدہ حضرات کے لیے ریڈیو کا ایک ہی مصرف ہے کہ مذہبی پروگرام سنتے رہو۔ اُن کی ضد ہوتی ہے کہ تلاوت لگاؤ۔ گھر میں متفرق خیالات کا نتیجہ یہ ہوتا ہے کہ کوئی بھی پروگرام تھوڑی دیر سے زیادہ نہیں چل سکتا۔ ابھی دادی اماں نے تلاوت لگائی اور مُنّے میاں نے جو ٹیبل کے نیچے چھُپے بیٹھے تھے، چپکے سے لطیفے لگا دیئے۔ تھوڑی دیر بعد ابا جان کا کمرے میں گذر ہوا تو انہوں نے خبروں کیطرف سَرکا دیا۔ اب ادھر سے دادی اَماں خفا ہو رہی ہیں کہ "اس گھر میں سارے شیطان بھرے ہُوئے ہیں، نہ خود نماز روزہ کرتے ہیں نہ مجھے آخرت سُدھارنے دیتے ہیں۔ ابھی تلاوت لگائی تھی میں نے۔ یہ کس نے سَرکا دیا؟" ابا جان اور مُنّے میاں جو دادی اماں کے مجرم ہیں، انکی نظریں بچا کر ایک دوسرے کو دیکھ مسکرا رہے ہیں۔ مُنّے میاں آنکھیں پھیلا کر اور

ہونٹوں پر انگلی رکھ کر گویا یہ کہہ رہے ہیں کہ اگر آپ نے ہمارا نام بتا دیا تو ہم بھی آپ کا نام بتا دیں گے۔

ریڈیو سے کئی فائدے ہیں۔ مختلف زبانیں سیکھیئے۔ ساری دنیا کے سنگیت کا مزہ چکھیئے۔ مشاعرے، ڈرامے، فلموں کے ساؤنڈ ٹریک سنیئے۔ جی چاہے تو ایک ہی جگہ دو اسٹیشن لگا کر نیا لطف اُٹھایئے۔ مگر اسی ریڈیو سے کچھ نقصانات بھی ہیں مثلاً اگر آپ کسی اچھے بھلے شاعر کی شاعری بگاڑنا چاہیں تو اُسے پابندی سے نئی فلموں کے مخصوص گانے سنایئے۔ پہلوانوں کے لیے بھی ریڈیو کار آمد ہوتا ہے۔ لڑائی جھگڑے میں کوئی اور چیز نہ ملے تو اسی کو اٹھا کر حریف کے سَر پہ پٹک سکتے ہیں۔

ریڈیو دوا کے طور بھی استعمال ہوتا ہے۔ ڈاکٹر حضرات خصوصاً ماہرِ نفسیات سمجھ داری سے کام لیں تو یوں بھی نسخے لکھے جا سکتے ہیں۔

—— صُبح چھ بجے ہلکی سی چہل قدمی۔
ایک چمچہ شہد۔ بھیگے ہوئے چنے
اور آل انڈیا ریڈیو۔

—— دوپہر میں معمولی سا کھانا۔
ایک گھنٹے کی نیند
اور ساڑھے تین سے چار بجے تک "آپ کی پسند"!

—— رات میں پرانے دوستوں سے اجتناب۔

نئے دوستوں سے آدھ گھنٹہ گفتگو، جنھیں بات بات پر قہقہے۔

ہلکا پھلکا کھانا اور بھاری بھاری پھل

رات نو ۹ بجے "ہوا محل"۔

ہمارے ایک دوست کے ماموں جان سیاست میں بہت دلچسپی رکھتے تھے۔ ایک دفعہ یوں ہوا کہ ان کو بھیانک خواب دکھائی دینے لگے جیسے کسی گھر کو بہت سے لوگ متحد ہو کر جلا رہے ہیں۔ لوگوں کو قتل کیا جا رہا ہے۔ امریکہ نے کسی ملک میں نیوٹرون بم پھینک دیا ہے۔ وغیرہ۔ بہت علاج کرایا فائدہ نہ ہوا آخر ایک ماہرِ نفسیات سے رجوع کیا۔ سال بھر میں وہ بھی ناکام ہو گیا۔ آخری دن جب وہ مریض سے معذرت کرنے والا تھا۔ باتوں باتوں میں کہا

—— میری سمجھ میں نہیں آتا کہ آخر آپ کو فائدہ کیوں نہیں ہوتا۔ (کچھ سوچ کر) آپ کی دن بھر کی مصروفیات کیا ہیں۔ ذرا بتائیے ؟

—— کچھ نہیں ساب۔ بس کھانا کھاتا ہوں۔ سو جاتا ہوں۔ پھر کھانا کھاتا ہوں۔ پھر سو جاتا ہوں۔ اور اس دوران صرف چھ مرتبہ خبریں سنتا ہوں۔

(ماہرِ نفسیات اچھل پڑا۔ غصے میں میز پر مکا مارتے ہوئے بولا)

—— یہی تو ساری بیماری کی جڑ ہے۔ اتنی عمر ہو گئی ہے آپ کو ابھی تک شعور نہیں آیا۔ ؟ کہ اب خبریں صرف دل شکنی کے لیے آتی ہیں۔

آخر آپ کس اُمید پر خبریں سنتے ہیں ؟ کیا آپ اس خبر کے منتظر ہیں کہ ساری دنیا کے لوگوں نے باہم اتفاق کی قسم کھالی ہے۔ رنگ و نسل مذہب و ملت اور علاقائی تعصبات سے پاک ہو گئے ہیں۔ امریکہ نے اپنے ایٹمی ذخائر ضائع کر کے ہتھیاروں کو آگ لگا دی ہے اور فوجیوں کو پرائمری اسکولس میں ٹیچرس مقرر کر دیا ہے۔ اسرائیل نے مقبوضہ علاقے خالی کر دیئے ہیں اور رُو رُو کر عربوں سے اپنے وحشیانہ ظلم و ستم کی معافیاں مانگ رہے ہیں۔ عربوں میں اتحاد ہو گیا ہے وہ آسائشیں ترک کر کے محنت مشقت سے جینا سیکھ رہے ہیں۔ اگر آپ

—— (مریض گھبرا کر) خدا کے لیے بس کیجئے میں مر جاؤں گا۔

—— عجلت مت کرو۔ پہلے میری بات پوری ہونے دو۔

—— آپ یہ بتائیے میں کیا کروں ؟

—— خبریں سُننا بند کر دو۔ ریڈیو اٹھا کر پھینک دو۔

—— میں چلتا ہوں۔

—— کہاں چلے ؟

—— ریڈیو پھینکنے کے لیے۔

—— سنیئے ! —— اُدھر زور سے پھینکنے کی بجائے میرے سامنے دھیرے سے پٹک دینا۔

—— جی بہتر۔

مریض چلا جاتا ہے اور واقعی اس کی طبیعت ٹھیک ہو جاتی ہے۔ اب اُس کے ریڈیو پر ماہر نفسیات "جب آپ گا اُٹھے" سُن رہے ہیں۔

ریڈیو ہمیں خوشی اور غم سے ہمکنار کرتا ہے۔ ہماری عمر کو کم زیادہ کرتا ہے وہ یوں کہ دس برس پُرانا گیت سنائی دے تو لگتا ہے کہ ہم دس برس چھوٹے ہو گئے ہیں۔ سج دھج کر اسکول جا رہے ہیں۔ سردیوں کا موسم ہے۔ اسکول کے میدان میں کُہر چھایا ہے۔ بچّوں کے جسموں پر رنگ برنگے سوئٹر پھولوں جیسے لگ رہے ہیں۔ اور وہ ——— لڑکیوں کے جھُرمُٹ میں کھڑی دھیرے دھیرے یہی، گانا گنگنا رہی ہے۔ شیشے جیسے شفاف جسم اور چاندنی جیسی رنگت پر گہرے رنگ کا لباس پہنے گلابی گلابی ہونٹوں کو جنبش دے رہی ہے۔ ہم اس کے قریب سے گزرتے ہیں۔ جی چاہتا ہے کہ اسکول خالی ہو، ہم دونوں اسکول گارڈن میں ایک دوسرے کو تکتے بیٹھے رہیں ہم کہیں " آپ بہت خوبصورت ہیں "۔
اور وہ کہے کہ " آپ تو ہم سے بھی زیادہ خوبصورت ہیں "۔

کبھی کبھی یہ ہوتا ہے کہ آپ خوش ہیں ریڈیو پر خوشی کا گیت بجتا ہے لیکن دل گھبرانے لگتا ہے اس لیے کہ فلیش بیک میں کوئی یاد اُبھر رہی ہے ماہِ رمضان المبارک میں جب سارا گھر سحری کر رہا ہوتا تو ریڈیو سے نعتیہ قوالیاں نشر ہوتیں۔ مہینہ بھر تک اُن کو سُنتے سنتے ایسی عادت پڑ جاتی کہ عید کے بعد بھی کہیں وہ قوالی سنائی دے تو لگتا ہے کہ ہم سحری کر رہے ہیں۔

دادی اماں قرآن شریف پڑھتی ہوئی بیٹھی ہیں۔ امّی اور بہنیں جلدی جلدی دسترخوان اُٹھاکر وضو کرنے کی تیاری میں ہیں۔ ہم بچّے گلی میں شور مچا رہے ہیں ابا جان جو رات تین بجے سے گھر کے روزہ داروں اور نمازیوں کو صرف جگانے کے لیے اُٹھے تھے اب مطمئن ہوکر سو گئے ہیں محلّہ کی گلیوں میں فقیر بھی جگانے کے لیے آرہے ہیں ہاتھوں میں لکڑی اور لالٹین ۔ کوئی اکیلا کوئی گروپ میں۔ بعض فقیر نام لے کر جگاتے۔

—— ستار بھائی اٹھو چار بج گئے۔

—— حاجی دادا۔ سحری ہو گئی کیا۔

اندھیری گلیوں میں فقیروں کے سائے اُن کی قندیلوں کی وجہ سے گھٹتے بڑھتے رہتے۔ بچّے جس دن شرارت کے موڈ میں ہوتے تین چار کا گروپ بناکر فقیروں کیطرح چلّاتے پھرتے۔ کسی کے دروازے پر مُکّوں کی بارش کردی کہیں پتھر برسا دیئے۔ کسی دروازے کی زنجیر زور سے بجادی۔ کوئی شخص غصّے میں نکلتا اور ہم رات کے اندھیرے میں کہیں گُم ہو جاتے۔ اپنی اپنی پناہ گاہوں سے ہنستے ہوئے نکلتے پھر کسی دوسرے شکار کی تلاش میں نکل جاتے۔ بعض اوقات بڑی آفت میں پڑ جاتے جب کوئی کتّا اچانک جھپٹ پڑتا۔ اور سر پہ پاؤں رکھ کر بھاگنا پڑتا۔ اگلی دفعہ اس جگہ جاتے ہوئے ہاتھوں میں پتھر لے جاتے۔ سردیوں کے موسم میں جگہ جگہ تاپ

کرتے اور کہتے کہ سال بھر یہی مہینہ چلتا رہے تو کتنا اچھا ہو۔

اُس وقت کی قوالیاں اب بھی ریڈیو پر بجتی ہیں۔ لیکن حالات کتنے بدل چکے ہیں۔ ابا جان اب نمازیں پڑھنے لگے ہیں دادی اماں کا انتقال ہوگیا ہے اور بچے اب اتنے بڑے ہو گئے ہیں کہ سحری کے وقت گلی میں شور ہو تو ڈانٹ کر کہتے ہیں۔

"ارے شیطانو ! یہ وقت عبادت کا ہے شور شرابے کا نہیں"

بچے اپنی شرارتوں کے مچلتے کبوتروں کو، کچھ خوف کے اور کچھ احترام کے صندوقوں میں بند کرکے، چھوٹے چھوٹے پیروں سے گلی کو پیچھے دھکیلنا شروع کر دیتے ہیں اب تو دیہاتوں میں بھی گھر گھر ریڈیو ہو گئے ہیں ورنہ اب سے چند برس پہلے وہاں ریڈیو کی وہی حیثیت تھی جو شہروں میں ٹیلیفون کی ہوتی ہے کہ اور سب تو اسے استعمال کر لیتے ہیں صرف خریدنے والا نہیں کر سکتا۔ صبح شام پڑوسیوں کا تانتا بندھا ہے۔ ہر آدمی اپنی فرمائش کا اسٹیشن لگانا چاہتا ہے۔ رات ہو چکی ہے۔ بچوں کو سونے کے لیے جگہ نہیں مگر سامعین تشریف فرما ہیں۔

اِمپورٹیڈ ریڈیو عموماً پریشان کُن ہوتے ہیں۔ اس سلسلے میں ہمارے ایک دوست کی آپ بیتی بھی سُنتے چلیں وہ کہتے ہیں۔

ہمارے گھر برسوں ایک غیر ملکی ریڈیو بند پڑا رہا۔ اسکا صرف ایک پارٹ

خراب تھا۔ کاریگر نے کہا کہ اسی ماڈل کا دوسرا ریڈیو کوئی بیچے تو یہ ٹھیک ہو سکتا ہے۔ کافی دنوں بعد ایک صاحب کا پتہ چلا وہ بھی ہماری تلاش میں تھے۔ دونوں ایک دوسرے کا ریڈیو خریدنے پر زور لگاتے رہے۔ تنگ آکر طے کیا کہ اپنے اپنے ریڈیو ایک دوسرے کو بیچ ڈالیں اس سے صرف تسلّی ہوئی ریڈیو درست نہیں ہوئے۔ پرائمری اسکول کے ایک دوست نے تجویز رکھی کہ پچاس روپے معاوضہ دو تو وہ ریڈیو چُرا لاتے ہیں۔ ہم راضی ہو گئے اور وہ ریڈیو راتوں رات ہمارے گھر پہنچ گیا۔ تیسرے دن کا واقعہ ہے کہ رات ایک بجے ہم سیکنڈ شو سے لَوٹ رہے تھے۔ ایک جگہ کچھ شک ہُوا تو اندھیرے میں آنکھیں پھاڑ کر دیکھا۔ پرائمری، اسکول کے دوست ہمارے فریق سے روپے وصول کرتے نظر آئے۔

ہانپتے کانپتے گھر آئے تو شک، یقین میں بدل گیا۔

اب ہمارا ریڈیو چوری ہو چکا تھا۔"

نئی چیز ایجاد ہوتی ہے تو پُرانی چیز کی قدر کم ہو جاتی ہے۔ اب ٹیلی ویژن کا زمانہ ہے اور ہم یہ سوچ رہے ہیں کہ ٹیلی ویژن پر انشائیہ لکھنا چاہیے۔

ادبی رسائل

○

جھلملاتے، چہچہاتے، پھولوں جیسے رنگ برنگی رسالوں کے اسٹال پر کچھ ایسے رسائل نظر آئیں۔ جو احساس کمتری سے کسی گوشے میں بے یار و مددگار پڑے ہوں تو یہ شرط جیتی جا سکتی ہے کہ وہ اردو کے ادبی رسائل ہیں۔

کاغذ پیلا پیلا، چھپائی ناقص، کتابت واجبی سی، سرورق کے نام پر مضامین کی فہرست یا کسی مفلوک الحال کی تصویر جو یقیناً اردو کا نامور شاعر یا ادیب

ہو گا۔ ان رسائل میں اس بات کا پورا بندوبست ہوتا ہے کہ ورق گردانی کر کے بھی خریدنے کی خواہش سر نہ اُٹھا سکے۔ اِس لیے ان میں جنسی بیماریوں، اِسنو پاوڈر اور بنیان انڈر وے ار کے ایسے اشتہارات نہیں ہوتے جن میں لڑکیوں کی عُریاں تصاویر کو خواہ مخواہ ٹھونسا جاتا ہے۔ پورے ملک میں ادبی رسائل کی تعداد اتنی ہی ہوتی ہے جتنی سیاست میں شریف لوگوں کی۔ ادبی رسائل کی خاص پہچان یہ بھی ہے کہ یہ پابندی سے نہیں نکلتے۔ پابندی سے نکلنے پر ان کی ادبی حیثیت مشکوک ہو جاتی ہے۔ یہ رسائل کئی دفعہ آخری سانسیں لیتے ہیں۔ کچھ برس پہلے تک یہ معاملہ تھا کہ رسالے کی میعادِ اشاعت ایک ماہ ہوتی لیکن یہ تین ماہ میں ایک دفعہ نظر آتا اس سے خواہ مخواہ واویلا مچا رہتا کہ پابندی سے نہیں نکل رہا ہے۔ اب اس کا یہ حل نکالا کہ دو ماہی، سہ ماہی رسائل نکلنے لگے ہیں۔ سہ ماہی رسائل بھی وقت پر نہیں آتے۔ چنانچہ غور کیا جا رہا ہے کہ اُن کی برسیاں منائی جائیں اور دو برسی، سہ برسی قسم کے رسائل جاری کیے جائیں۔ اس میں ایک فائدہ یہ ہو سکتا ہے کہ کسی نے موجودہ ادبی تحریک کے زیرِ اثر غزل لکھ کر بھیجی تو اس کے شائع ہونے تک کوئی دوسری تحریک سرگرمِ عمل رہے گی چنانچہ غزل کو آؤٹ آف ڈیٹ قرار دے کر ردّی میں پھینک دیا جائے گا۔ اس سے بد دل ہو کر لوگ شاعری چھوڑ دیں گے یعنی جرائم کی طرح بڑھتی ہوئی شاعروں کی تعداد کچھ کم ہو سکے گی۔ چند مخصوص قلمکاروں کا گروپ مقبول ہونے

لگے تو اسے شرمندہ کرنے کا یہی راستہ ہے کہ نئی ادبی تحریک چلائی جائے۔ غالب میر و مومن کے بارے میں ابھی یہ فیصلہ نہیں ہو سکا کہ کس تحریک سے وابستہ تھے۔ جس دن ہو جائے گا، ان کے خلاف بھی تحریک چلائی جائے گی۔

آدمی جس شعبہ سے منسلک ہوتا ہے اس کا اثر خیالات پر پڑتا ہے کسان کہتا ہے کہ کسی سے دشمنی نکالنے کے لیے اس سے کھیتی کروایئے۔ مزدوروں کی ہٹ دھرمیوں اور بارش کی شرارتوں کے باعث، دن رات ایک کر کے بھی دھیلا نہ کما سکے گا اور پاگل ہو جائیگا۔ شراب فروش کا تجربہ ہے کہ دشمنی نکالنے کے لیے کسی کو شراب پینے کا عادی بنا دیجئے۔ شعراء حضرات کسی سے خفا ہو جائیں تو شاعری پہ آمادہ کرتے ہیں۔ دشمنوں کو چن چن کر شاعر بناتے ہیں۔ لیکن ہمارے خیال میں دشمنی نکالنے کا سب سے بہتر حربہ یہ ہے کہ اُسے اردو کا ادبی رسالہ جاری کرنے کا مشورہ دیا جائے اگر وہ ورغلانے میں آ کر جاری کر لے اور بدنصیبی سے ادبی حلقوں میں اس کی پذیرائی بھی ہونے لگے تو دو رکعت شکرانہ ادا کیجئے۔ مراد بر آئی ہے۔ اب وہ رسالے کو نہ بند کر سکے گا نہ جاری رکھ سکے گا۔ جس دن کسی اداریئے میں ذکر کر دے کہ رسالہ آخری سانسیں لے رہا ہے تو ادبی حلقوں میں زناٹے کی لہر دوڑ جائیگی۔ لوگ سینکڑوں خط لکھیں کہ صاحب، آپکے رسالہ کی وجہ سے تو ملک میں اردو زبان کی آبرو برقرار ہے۔ یہ بند ہو گیا تو زبان کا کیا ہو گا یہ تو سوچیے کہ آپ کے

آباؤ اجداد گذشتہ نصف صدی سے ادب کی خدمت کر رہے ہیں۔ اس غیر سنجیدہ حرکت پر ان کی ارواح کو کتنا صدمہ پہونچے گا۔ اگلے شمارے میں اعلان ہوتا ہے کہ گو ہم نے بند کرنے کا فیصلہ کر لیا تھا، تاہم قارئین کے خطوط اور خریداروں کے تعاون سے دوبارہ جاری کر رہے ہیں۔ یہ خبر ادبی حلقوں پر نیند کی گولی کا کام کرے گی۔ اب یہ اس وقت تک نہیں جاگیں گے جب تک دوسری آخری سانس کی اطلاع نہ ملے۔

ادبی رسائل میں اس قسم کے خطوط اکثر شائع ہوتے ہیں۔

——تعجب ہوتا ہے کہ آپ اتنا ضخیم شمارہ، اتنی کم قیمت پر کیسے نکال سکتے ہیں۔ (کہیں آپ اسمگلنگ میں ملوث تو نہیں؟)

——یہ آپ ہی کا دم خم ہے کہ رسالہ جاری رکھے ہوئے ہیں (میں نے تو اپنا رسالہ بند کر کے بھینسوں کا دھندا شروع کر دیا ہے اور اللہ کے فضل سے ڈو بلڈِنگوں کا مالک ہوں)

——آج ایک دوست سے رسالہ پڑھنے کو مانگا تو معلوم ہوا کہ یہ ادبی رسالہ ہے میں ابھی تک مسئلے مسائل کی کتاب سمجھ کر ٹالتا رہا تھا۔ اس میں ملک کے تقریباً تمام نامور قلمکاروں کی تخلیقات شامل ہیں۔ (کیا یہ سب اصلی ہیں؟ معاف کیجیے ادب میں بھی ڈو نمبر کے کام ہو رہے ہیں اور سرکار چھاپہ بھی نہیں مار سکتی اس لیے پوچھنا پڑتا ہے۔)

اور جس وقت قاری اس قسم کے خطوط لکھتا ہے کاغذ کے نیچے ایک جنسی ڈائجسٹ یا فلمی میگزین ہوتا ہے جسے وہ چار پان اور سگریٹ کے پیسے بچا کر خریدتا ہے۔

کسی شہر میں ان رسائل کے قارئین کی تعداد کبھی اتنی ہی ہوتی ہے جتنی ملک میں ادبی رسائل کی ہوتی ہے۔ ان قارئین کی شخصیت پر اسرار ہوتی ہے۔ عادتیں عام لوگوں سے مختلف ہوتی ہے۔ کم گو، کم آمیز اور (بقول ایک شخص کے) کم عقل ہوتے ہیں گھر کے افراد ان سے سہمے سہمے رہتے ہیں اور ایک بات کے کئی مطلب نکالتے ہیں ایک عام آدمی کسی سے کہے کہ تم بہت خوبصورت لگ رہے ہو۔ تو وہ چائے آفر کرتا ہے یہی جملہ ادبی قاری کہے تو مقابل رات بھر جاگتا اور سوچتا رہتا کہ اس کا کیا مطلب تھا؟ صبح تک اس نتیجہ پر پہنچتا کہ اس نے بدصورت کہا ہے۔ چنانچہ ہاتھا پائی ہوتے ہوتے رہ رہ جاتی ہے لیکن ہر ادبی قاری کو عوامی بدسلوکی کی عادت پڑ جاتی اس لیے انہیں برا نہیں لگتا بعض ادبی قارئین ایک دوسرے کے بہت گہرے دوست ہوتے ہیں۔ اس لیے کہ ہر دس میں سے ایک کو خرید کر اور باقیوں کو مانگ کر پڑھنے کی عادت ہوتی ہے۔ ویسے رسائل نہ خریدنے والا ہر قاری قصوروار نہیں ہوتا بعض تو روٹی اور کپڑے کو بھی ترستے ہیں بلکہ ہر طرح سے پریشان ہوں تب ہی ادبی رسائل پڑھتے ہیں اس سے یہ نتیجہ نکلتا ہے کہ قارئین کی

تعداد بڑھانے کے لیے روٹی اور کپڑا چھین لینا چاہیئے۔ رسائل نہ خریدنے کے قصوروار وہ لوگ ہیں جو زندگی بھر کی فضول خرچی کر سکتے ہیں۔ لیکن ادبی رسالہ خریدنے کو فضول ترین خرچی سمجھتے ہیں۔

ادبی رسائل چونکہ اپنے اصولوں میں سخت ہوتے ہیں اور اوسط قسم کی تخلیقات صرف کبھی کبھی شائع کرتے ہیں اس لیے اس قسم کے شعراء وادبا ہمیشہ بدظن رہتے ہیں اور انہیں خامیاں تلاشتے رہتے ہیں۔ اپنی تخلیق کی اشاعت یا عدم اشاعت کے مطابق رسائل کا معیار بھی انکی نظروں میں گھٹتا بڑھتا رہتا ہے مثلاً مسلسل بھیجنے پر بھی غزلیں شائع نہ ہوئیں تو ایک صاحب یوں کہیں گے۔

—— یہ "انداز" کا معیار تو بالکل ہی گر گیا ہے۔ تازہ شمارہ دیکھا آپنے ؟ خواہ مخواہ صفحات کالے کیے ہیں۔ ادبی رسائل بھی پیسہ کمانے کا ذریعہ بنتے جارہے ہیں۔ اب سے دس برس قبل جب میری غزل شائع ہوئی تھی۔ یہ ملک کا واحد معیاری رسالہ تھا۔

—— نہیں صاحب۔ آپ انتہا پسندی سے کام لے رہے ہیں۔ اتنا بھی گھٹیا نہیں ہے۔ ابھی پچھلے ماہ ہی تو میری کہانی شائع کی ہے۔

—— اسی لیے تو کہتا ہوں کہ معیار گر رہا ہے۔

چند ماہ بعد انکی غزل بھی شائع ہو جاتی ہے۔ شام کو دوستوں کی محفل

میں رسالہ جیب میں چھپائے تمہید باندھتے ہیں۔

—— آپ اُس دن انداز کے معیار کے بارے میں کیا فرمارہے تھے ؟۔

—— یہی کہ اتنا گھٹیا نہیں جتنا آپ سمجھتے ہیں۔

—— اُس دن گھر جاکر میں نے غور کیا۔ چند شمارے نکال کر دیکھے تو یقین ہوگیا کہ آپ ٹھیک فرمارہے تھے —— تازہ شمارہ دیکھا آپ نے ؟

—— جی نہیں۔

—— (جیب سے نکالتے ہوئے) یہ شمارہ تو قابلِ تعریف نکلا ہے۔ مضامین اور غزلوں سے لیکر اشتہارات تک سب معیاری ہیں۔ ملک کے نامور شعراء کی غزلیں شامل ہیں۔ غلام درّانی آساں۔ ناز سلطنت ۔ صداقاصلی۔ سکندر منفی اور نصیر عصر کی غزلیں تو غیر معمولی ہیں۔ (تھوڑا سا توقف کرنے اور اس دوران مخاطب کو کنکھیوں سے دیکھنے کے بعد) اس مرتبہ میری غزل بھی شائع کردی ہے۔

اب مخاطب کی باری ہے کہ اس کے غیر ادبی ہونے کے ثبوت فراہم کرے اور یہ اعتراف کرلے کہ اس دن میں ہی غلطی پر تھا۔ آپ ٹھیک فرمارہے تھے کہ "انداز" غیر معیاری ہوتا جارہا ہے۔

ادبی رسالہ قوتِ برداشت ناپنے کے بھی کام آتا ہے۔ آپ کسی سے خوشگوار تعلقات نہ رکھنا چاہتے ہوں تو تنقیدی اور تحقیقی مضامین قسم دے کر

پڑھوایئے۔ آدھ گھنٹہ میں وہ دست وگریباں ہوجائیگا۔ کہ ایسی مہمل تحریریں پڑھواکر کیا پاگل خانہ بھیجنا چاہتے تھے؟ ویسے تو ان دنوں قدرے اعتدال سے غزلیں اور افسانے تخلیق کیے جارہے ہیں جو کچھ کچھ سمجھ میں بھی آنے لگے ہیں۔ ورنہ ماضی قریب میں انکو پڑھ کر آدمی احساسِ کمتری میں مبتلا ہوجاتا کہ اب تک جو کچھ پڑھا خاک ہوا۔ کچھ سمجھ میں نہیں آتا۔ کچھ افسانہ نگاروں کی بدولت اتنا ضرور ہوا کہ قارئین نے اپنے دادا، بلکہ پردادا کے زمانے کی لائبریری میں قدم رکھا۔ وہاں کے جالے صاف کیے۔ چمگادڑوں کو ڈرا دھمکا کر بھگایا۔ دھول کے ٹیکروں میں الماری کو پہچانا اور مندرجہ ذیل کتابیں نکال کر انہیں جبراً پڑھا۔

داستان امیر حمزہ۔ گلستاں بوستاں۔ قصہ چہار درویش۔ فسانۂ آزاد۔ قصہ نوح علیہ السلام۔ مہابھارت کا بیان۔ وغیرہ وغیرہ

معصوم لوگ ادبی لہروں کی لپیٹ میں آجاتے ہیں۔ بیشمار لوگ اسی طرز کے افسانے لکھنے لگے۔ بعض کا خیال ہے کہ ایسی تحریریں ہر کسی کے بس کا روگ نہیں۔ ہم نے لکھنے کی کوشش کی تو اس طرح لکھ سکے ــــــ

وہ آسمان پر چل رہا تھا۔ اور زمین اس کے سر پہ تھی۔ اُسے یاد آیا کہ 'زمیں سخت ہے آسماں دور ہے' والا معاملہ اُلٹ ہوگیا ہے۔ 'آسماں سخت ہے. زمیں دور ہے' ہونا چاہیئے۔ وہ مزید سوچتا مگر ہوا اس کے کانٹوں نے اس کے حلق پر دائرہ تنگ کردیا۔ اس نے آسمان کی طرف (یعنی زمین کی طرف)

نظر اٹھائی۔ وہاں پہاڑ اور درخت اُلٹے لٹکے ہوئے تھے۔ پرندے اسطرح اڑ رہے تھے کہ اُن کی پیٹھ اُس کی طرف اور پاؤں زمین کی طرف (یعنی آسمان کیطرف) تھی۔ یہ اڑتے اڑتے نڈھال ہو جاتے تو نیچے گرنے کی بجائے آسمان پر گر جاتے — یعنی پہاڑوں پر جو اُلٹے لٹکے ہوئے تھے۔ اچانک اُسے ایسا لگا کہ بارش ہو رہی ہے۔ اُس نے گھبرا کر آسمان کی طرف دیکھا کچھ نظر نہ آیا۔ پھر یہ بارش کہاں سے ہو رہی ہے؟ اُسے خیال آیا کہ آسمان تو نیچے ہے وہاں سے فوارے چھوٹ رہے تھے۔ چلتے چلتے وہ گڑھے میں گر پڑا۔ پتہ چلا جسے وہ گڑھا سمجھ رہا تھا۔ وہ مٹی کا گھڑا ہے۔ غور سے دیکھا تو اس گھڑے میں بہت سے گھڑے اور ہر گھڑے میں ایک گھڑا ہے۔ اور پھر اسمیں بھی بہت سے گھڑے ہیں۔ وہ باہر نکلنے کی جتنی کوشش کرتا گھڑا بڑا ہوتا جاتا۔ پھر نیچے سے سورج نکل آیا۔ تو اُس نے دیکھا کہ اندر قبریں ہیں اور مُردے ایک دوسرے سے پوچھ رہے ہیں کہ ہم کہاں چلے آئے؟ ہمارے ساتھی کیا ہوئے؟ اچانک اس کے گنجے سر پر کسی نے چپت لگا دی۔ اس نے غصے میں پانچوں طرف نظر دوڑائی تو بہت سے ہاتھ دکھائی دیے جن کے نیچے گنجے سر تھے۔ اور اسی اطمینان سے چپتیں کھا رہے تھے جیسے مریض کیپسول کھاتے ہیں۔ کچھ گنجوں کو سزا کے طور پر الگ کھڑا کر کے چپتوں سے محروم کر دیا گیا تھا۔ یہ رو رہے تھے۔ ان کے ہر آنسو سے ایک گنجہ پیدا ہوتا اور رونا شروع کر دیتا......

(بہت طویل کہانی تھی، کچھ یاد بھی نہیں رہی۔)

ان رسائل میں نظمیں بھی اس طرح کی شائع ہوتی تھیں۔

میرے پاؤں بندھے ہیں پھر بھی
میں ان گلیوں میں جاتا ہوں جہاں کوئی نہیں جا سکتا۔
میرے ہاتھوں میں ہتھکڑیاں ہیں تاہم
میں اُن پھلوں کو بھی توڑ لیتا ہوں جو
ابھی درختوں پر نہیں لگے۔
دنیا نے میرے کانوں میں گرم گرم
گُلگُلے ٹھونس دیئے تو کیا ہوا

میں
اُن آوازوں کو بھی صاف سُنتا ہوں جو
سناٹے سے آتی ہیں۔
کیا میں جن یا بھوت ہوں ؟
میں سوچتا ہوں لیکن
دماغ میں تو بھوسہ بھرا ہے۔
سوچ نہیں پاتا۔

شرمندہ ہو کر پیروں کو دیکھنے لگتا ہوں۔ جو

بندھے ہوئے ہیں بھی

اور نہیں بھی ہیں۔

یوں تو ادبی رسائل کی بنیادی پالیسی یہی ہوتی ہے کہ اُن کی ادبی حیثیت ہو۔ تاہم ہر رسالے کی ایک ضمنی پالیسی بھی ہوتی ہے جو بنیادی پالیسی سے زیادہ اہم ہوتی ہے۔ ضمنی پالیسیوں کا وصف یہ ہے کہ ایک دوسرے سے میل نہیں کھاتیں۔ ہر رسالہ اس ضمنی پالیسی کو لیکر چلتا ہے۔ اسی کے پیش نظر فن پاروں کو لفٹ ملتی ہے۔ (فنکاروں کو لفٹ نہیں سیڑھیاں ملتی ہیں۔) ضمنی پالیسی ہی کی وجہ سے کسی فن پارے کا ایک رسالہ میں استقبال ہوتا ہے اور دوسرے میں ذلیل کر کے نکال دیا جاتا ہے۔ رفتہ رفتہ مخصوص رسائل سے مخصوص فنکار وابستہ ہو جاتے ہیں۔ یہ مخصوص فنکار کسی دوسرے رسالہ میں نظر بھی آتے ہیں تو مہمان کیطرح کہ چائے شربت پیا اور روانہ ہو گئے۔ ضمنی پالیسی کے نام پر بدعتیں نکالی جاتی ہیں۔ ایک رسالہ میں فنکاروں کے نام بہت نمایاں اور کہانی کا عنوان خفی حروف میں ہوتا ہے۔ اس رسالہ سے فنکار بہت خوش ہوتے اور اس غلط فہمی میں مبتلا ہو جاتے ہیں۔ کہ اب ہماری تخلیقات ہمارے ناموں سے جانی جاتی ہیں۔ لوگ ہمارے نام پر رسائل خریدتے ہیں۔ اس

طریقۂ اشاعت میں قارئین کا سراسر نقصان ہے اگر وہ کسی فردِ مخصوص کی کہانیوں سے اُوب چکے ہوں تو نام دیکھتے ہی ورق پلٹ دیتے ہیں۔ کبھی کبھی نامور فنکار کی کہانی واقعی اچھی ہوتی ہے لیکن قاری، پچھلے تلخ تجربہ کی بنا پر اس مرتبہ ایک اچھی کہانی سے محروم رہ جاتا ہے۔ بعض انتہا پسند رسائل فنکار کا نام ہی غائب کر دیتے ہیں۔ صرف کہانی چھاپتے ہیں۔ ایک حیرت انگیز رسالہ ایسا بھی ہے جو کہانی کا اور کہانی کار کا نام تو چھاپتا ہے۔ کہانی نہیں چھاپتا۔ لیکن یہ رسالہ ابھی جاری نہیں ہوا۔

رسائل اور ادبی تحریکوں کا درزی کپڑوں کا ساتھ ہے۔ اس لیے بعض رسائل تحریکوں کے زیرِ اثر چلتے ہیں اور کچھ معصوم تحریکیں رسائل کے دستِ شفقت سے زندہ رہتی ہیں۔

تمام ادبی رسائل کے مدیر حضرات ایک دوسرے کے دشمن نہیں ہوتے۔ ایک ساتھ اٹھتے بیٹھتے ہیں۔ اُن کے نظریاتی اختلاف، رسائل کے صفحات یا سیمینار کی حد تک ہوتے ہیں۔ لیکن انہی نظریاتی اختلافات یعنی ضمنی پالیسیوں کی وجہ سے ہر شہر کے ادبی حلقوں میں آپسی رقابت پیدا ہو جاتی ہے چنانچہ بعض رسائل پرست یوں بھی سوچتے ہیں۔

تو اسی گدھے نے موتی بند سارنگ کے مضمون کو ناقص کہا تھا؟

ذرا قریب آنے دو میں تو کتا چھوڑ دوں یار اس پہ۔

______ اچھا! یعنی تم حفظ الرحمٰن بارودی کو عقل سے خارج سمجھتے ہو؟ بیٹا جی خبردار، جو آئندہ میری چوکھٹ پہ قدم رکھا۔ تمہارا سر توڑ دونگا۔

______ ارے آؤ آؤ۔ تم بھی ڈاکٹر غ۔ انکاری کے مدّاح اور ہم بھی۔ اے ہوٹل والا۔ ساب کا بل اپن دیگا۔ ان سے مانگے گا تو ٹانگ توڑ دیگا۔ یہ ہمارا اردو بھائی ہے۔

______ دیکھو خاں۔ اب علامتی کہانی کی تعریف میں ایک لفظ نہ کہنا۔ ورنہ یہ کھانے کی دیگ سَر پہ اُلٹ دیں گے۔ بھوت پریت کی کہانیاں اتنی ڈراونی نہیں ہوتیں جتنی یہ لکھتے ہیں۔ خوش و خرّم آدمی کو زندگی سے بیزار کرنے پر تلے ہیں۔ میں تو کہتا ہوں ملک میں جتنی خودکشیاں ہوتی ہیں، نصف کی ذمہ دار یہی تحریریں ہیں۔ کیوں بھولے بھالے عوام کی زندگی میں زہر گھول رہے ہو یار (قریب کھڑے ہوئے چنا فروش سے خواہ مخواہ مخاطب ہوکر) یہ لوگ اب اُس زبان کو ادبی سطح پر دوبارہ رائج کرانا چاہتے ہیں جسے برسوں کی تگ و دَو کے بعد ترک کیا گیا تھا۔ یعنی اب سیدھی طرح یہ کہنے کے بجائے کہ ______

میرا پہاڑ پر چڑھنا تھا کہ پتھر مجھ پر لڑھک گیا۔

یہ کہنا پڑیگا ______

بس چڑھنا پہاڑ پر میرا۔ اور لڑھکنا اُس پتھّر کا جسم پر میرے۔

(چنا فروش نے طمانچہ جڑ دیا معلوم ہوا وہ بھی علامتی افسانہ نگار ہے۔)

ایک زمانہ میں ادبی رسائل زیادہ اور لکھنے والے کم تھے۔ اب حالات اس کے برعکس ہیں۔ رسائل والے پریشان ہیں۔ ہر ماہ سینکڑوں تخلیقات موصول ہوتی ہیں۔ ماہنامہ، تین ماہ میں ایک بار نکلتا ہے۔ اسمیں بھی زیادہ سے زیادہ سولہ (16) غزلیں اور تین چار کہانیاں سما سکتی ہیں۔ اس لیئے ان دنوں اس قسم کے "ضروری اعلان" شائع ہوتے ہیں۔

—— غیر طلبیدہ تخلیقات ارسال نہ کریں۔

—— دفتر میں غزلوں کا ڈھیر لگا ہوا ہے۔ اجنبی لوگ ردی کاغذ کا بیوپاری سمجھنے لگے ہیں۔

—— کم سے کم پانچ برس تک کوئی کچھ نہ بھیجے (پانچ برس بعد یہی اعلان کیا جائیگا)

رسائل اسی طرح گھٹتے، اور لکھنے والے بڑھتے رہے تو یہ معاملہ ایک قدم آگے یوں بھی بڑھ سکتا ہے۔

—— غیر طلبیدہ تخلیقات بھیجنے والوں کے ساتھ سخت قانونی چارہ جوئی کی جائیگی۔

—— منی آرڈر کے بغیر تخلیقات پر غور نہیں کیا جائیگا۔ منی آرڈر اس حساب سے روانہ کیے جائیں۔

غزل —————: سو روپے

نظم ——— نوّے روپے

افسانہ ——— ستّر روپے

مزاحیہ مضمون ——— پچاس روپے

انشائیہ ——— چالیس روپے

تنقیدی مضمون ——— بیس روپے

ترجمہ ——— دس روپے

(تحقیقی مضامین مفت شائع کیے جائیں گے)

ادبی رسالہ کی سب سے اہم چیز اُس کا اداریہ ہوتا ہے۔ بلکہ کبھی کبھی تو ایسا لگتا ہے کہ صرف اِسی ایک صفحہ کے لیے پورا رسالہ چھاپا جاتا ہے۔

یومِ ہوٹنگ

ٹرین میں بے پناہ رش تھا۔ جگہ ملنی جتنی ضروری تھی اتنی ہی مشکل بھی تھی۔ ہمارے ساتھ ایک پہلوان تھے جو ابھی ابھی شاعر بھی ہو گئے تھے انہوں نے اندر جھانک کر دیکھا موٹی توند والے پانچ آدمی ٹرانسسٹر، تھرماس، چھاگل، تکیہ بستر اور دوسرے لوازمات سے آراستہ تھے۔ پہلوان بھیڑ کو چیرتے اُن کے پاس پہنچے اور ایک موٹے کے کان میں کہا ــــ

—— اِس گاڑی کا ایکسی ڈنٹ ہونے والا ہے۔ آگے پٹڑیاں اُکھاڑ دی گئیں ہیں۔

موٹے نے اپنی شطرنجی کو دھیرے دھیرے سمیٹنا شروع کیا۔ ادھر پہلوان نے اپنی چادر پھیلانی شروع کی۔ وہ پانچوں شطرنجی سمیٹ کر کھڑے ہوگئے اور یہ چادر بچھا کر لیٹ گیا۔ ہم لوگوں کو بھی اندر بُلا لیا۔ جب ٹرین چلنے لگی تو ہم نے دیکھا کہ پانچ موٹے سر پکڑے پلیٹ فارم پر بیٹھے ہوئے ہیں۔

سفر طویل تھا۔ وقت گذاری کے لیے باتیں کرنا ضروری۔ سیاسی گفتگو کرتے تو پتہ نہیں کس طرف سے کونسی پارٹی کا آدمی چپل عنایت کر دیتا۔ داداگیری کی باتوں سے شاعروں کو دلچسپی نہیں ہوتی۔ (داداگیری نہیں کر سکتے تھے اسی لیے تو مجبوراً شاعری شروع کی ہے۔) فلموں کے بارے میں آدمی دوستوں میں دل کھول کر باتیں کرتا ہے لیکن نئے لوگوں میں خواہ مخواہ فلم بیزاری کا مظاہرہ کرتا ہے۔ چنانچہ یہ طے پایا کہ کچھ پُرانے شاعروں کا ذِکر ہو۔ تذکرہ شروع ہوا۔ نامور شاعروں کو اس لیے نالائق کہا گیا کہ انہوں نے خود کو چھپوا چھپوا کر خواہ مخواہ مشہور کر لیا۔ گمناموں کو اسلیئے بیوقوف کہا گیا کہ اگر وہ کوشش کرتے تو نامور شاعر بن سکتے تھے۔ شروع کے دو تین گھنٹوں تک بات چیت کے دوران کبھی کبھی چائے بھی پی لیا کرتے تھے۔ بعد میں صرف چائے پیتے رہے۔ درمیان میں کبھی کبھی بات چیت ہو جاتی۔

ہرن پور اسٹیشن کے پلیٹ فارم پر قدم رکھتے ہی شاعروں کے مزاج بہت نازک ہوگئے۔ شاعروں کی ایک خاص بات ہے۔ اُن کے محلّہ کا دکاندار

جھڑکیاں دے، بُرا نہیں مانیں گے۔ کسی نووارد کے سامنے بخیے اُدھیڑ کے رکھ دیں، کچھ نہیں کہیں گے۔ شاعر کے محلّہ اور گھر میں سب سے بے ضرر چیز خود شاعر ہوتا ہے۔ لیکن یہی شاعر جب کسی مُشاعرہ میں شرکت کرتا ہے تو خود کو وزیرِ اعظم سے زیادہ اہم سمجھنے لگتا ہے۔ (ویسے شاعروں کے ناز اُٹھانے میں فیاضی سے کام لینا چاہیئے یہی تو واحد موقع ہوتا ہے۔ جب چند لوگ اُن کے آس پاس منڈلاتے اور انہیں تھوڑی اہمیت دیتے ہیں۔) پلیٹ فارم پر اُتر کر سب نے اپنے چہروں پر سنجیدگی طاری کر لی۔ اب انتظار کر رہے ہیں کہ کوئی آئے اور معذرت کر کے اُن کے ہاتھوں سے سوٹ کیس (پڑوسیوں اور دوستوں سے ہتھیائے ہوئے۔) لے کر، قیام گاہ کی طرف لے جائے۔ لیکن وہاں کوئی نہیں تھا۔ لوگ جا چکے تو ٹکٹ چیکر ہماری طرف بڑھا۔ ہم لوگوں نے واقعی ٹکٹ دے دیئے تو وہ حیرت زدہ ہمیں دور تک دیکھتا رہا باہر نکل کر ہم نے ٹیکسی لی اور قیام گاہ پہنچے۔ پھاٹک پر ایک آدمی ہمارے ہاتھوں سے سوٹ کیس لینے لگا۔ موقع دیکھ کر سب اس پر برس پڑے ۔۔۔۔۔۔۔۔۔۔۔

۔۔۔۔۔ حد ہوتی ہے لاپرواہی کی۔ اسٹیشن پر کوئی ریسیو کرنے بھی نہیں آیا۔ چلیئے، ٹیکسی کے پیسے دیجیئے۔

وہ نہ جانے کیا کہنا چاہتا تھا لیکن اُسے ٹیکسی ڈرائیور کے حوالے کر، اپنے اپنے کمرے میں آ گئے۔ قیام گاہ ایک سرکاری گیسٹ ہاؤس تھا اس لیے شعراء خوش تھے۔ اتنے میں ایک صاحب تشریف لائے خوش اخلاقی سے انھیں بٹھایا گیا۔ ہر شاعر

یہ سمجھ رہا تھا کہ نوارد میری شاعری کا رسیا ہے۔ باتوں باتوں میں جیسے ہی معلوم ہوا کہ وہ مشاعرہ کمیٹی کا صدر ہے تو اچانک رویے بدل گئے۔ بیچارہ اپنا گنجا سر سہلاتا رہ گیا۔ خوش گپیاں دوبارہ شروع ہوئیں لیکن اب ان کا رخ دھیرے دھیرے منتظمین کی "نا اہلی" اور خود کی "ہاں اہلی" کی طرف ہو گیا۔ کیونکہ شام کے سات بجنے کو آئے تھے اور ابھی تک کھانے کا کوئی بندوبست نہ تھا۔ ایک میزبان نے پوچھا "آپ لوگ چائے پئیں گے ؟" شاعروں نے جواب دیا "صبح سے چائے ہی تو پی رہے ہیں۔ شام آٹھ بجے معلوم ہوا کہ شعراء حضرات کو اپنے اپنے خرچ سے کھانا پڑے گا۔ بعد میں پیسے مل جائیں گے۔ اس خبر سے فوج میں بھگدڑ مچ گئی۔

—— ایسا تو زندگی بھر میں نہیں ہوا کہ مشاعرے میں شرکت کی اور خود کے خرچ سے کھانا کھایا۔

—— اور خود کے پیسے بھی کہاں ہے۔ بس ایک طرف کا کرایہ لیکر چلے تھے۔

—— آج ہم مشاعرہ نہیں پڑھیں گے۔

—— آج ہم کھانا نہیں کھائیں گے۔

—— آج ہم سب سو جائیں گے۔

—— آج ہم سب جاگتے رہیں گے۔

سب اپنے اپنے کمروں میں چلے گئے۔ ایسے موقعہ پر کسی ایک بھی آدمی کا کھانا کھالینا اپنی فوج سے غداری کے مترادف تھا لیکن ہمارے ساتھ جو پہلوان

تھے۔ اُن سے برداشت نہ ہُوا۔ انہوں نے ہمیں اپنے ساتھ لیا، چپلیں اپنے ہاتھوں میں لیں اور دبے پاؤں گیسٹ ہاؤس کے کینٹین کی طرف چلے۔ لیکن دروازے میں قدم رکھتے ہی اُلٹے پاؤں بھاگے اور ہم سے ٹکرا گئے۔ دراصل تمام شعراء پہلے ہی اندر موجود تھے۔ پہلوان نے ہم سے کہا" یہ تو بہت بُرا ہوا۔ انہوں نے مجھے دیکھ لیا۔"

——— اسمیں پریشان ہونے کی کیا بات ہے آپ کہیئے انہیں کو دیکھنے آئے تھے۔

انہوں نے خوشی کے مارے ہماری گردن پر ہاتھ مارا۔ (گردن کا ایکسرے کروانا ہے) پھر چیک کر بولے۔

——— زندگی میں تمہارا کسی آدمی سے جھگڑا ہو تو ہمیں بتانا۔

——— کیوں ؟ آپ اُس پر غزل لکھیں گے ؟

——— نہیں۔ سالے کو اٹھا کر پٹک دوں گا۔

اُٹھا کر پٹکنے کی بات سُن کر ہم تو سیدھے کینٹین کے اندر بھاگے اور پہلوان باورچی خانے میں۔

——— کھانا کھا چکنے کے بعد ایک بڑے ہال میں جمع ہُوئے اور ایک دوسرے کو غزلیں سنانے لگے۔ ہم کسی کام سے باہر نکلے تو رات کے ساڑھے دس بج رہے تھے۔ اچانک ایک پولس انسپکٹر، ہاتھ میں رول، اور بیلٹ میں پستول لگائے اس طرف آتا دکھائی دیا۔ قریب آکر پُوچھا۔" وہ آج رات میں جو لوگ گجل (غزل) گائیں گے اُن کا آرکیسٹرا کدھر ہے ؟"۔ ہم نے ہال کی طرف اشارہ کر دیا اور کھسکنے ہی کو

تھے کہ وہ ہماری کالر پکڑ کر بولا " تم بھی گجل گاتا ہے ؟" عرض کیا صاحب! جس کی چاہو قسم کھلالو۔ زندگی میں آج تک ہم نے ایک بھی غزل نہیں گائی۔ (اُس کی صورت پُرغصّہ دیکھ کر) آپ ہمارا کیرکٹر سرٹیفکیٹ دیکھ سکتے ہیں"۔

وہ ہمیں چھوڑ کر ہال میں پہنچا اور کڑک کر کہا۔

— "اے۔ چلو" دلدار خاں بے دل جو شاعروں کی اس عارضی اسوسی ایشن کے صدر بنے ہوئے تھے ہکلاتے ہوئے بولے " ک۔ک۔ک۔ کہاں ؟"۔

— "بڑا ساب بلاتا ہے"

— "ک،ک۔ کیوں ؟"

— "کیوں کا جواب وہیں ملے گا۔ چلتے ہو یا ...."

(پستول نکالتے ہوئے)

ایک منٹ میں سب لوگ تیار ہو گئے۔ آگے آگے پولس۔ پیچھے پیچھے شعراء اور درمیان میں کہیں ہم۔ گیسٹ ہاؤس کے گیٹ پر ایک پولس وین تھی۔ دس پندرہ مسلح پولس والے موجود تھے۔ انسپکٹر نے وین میں بیٹھنے کو کہا۔ شاعروں میں سے ایک نے کہا۔

" ارے انسپکٹر صاحب۔ اس وین کی کیا ضرورت تھی ؟۔ آپ نے خواہ مخواہ تکلف کیا۔ آپ اسے لیجائیے ہم لوگ پہنچتے ہیں"۔

اُس نے پستول والا ہاتھ اوپر اُٹھا کر ہوائی فائر کیا اور تمام لوگ وین میں بیٹھ گئے۔ دروازہ بند کرتے ہوئے انسپکٹر نے کہا۔

"تم لوگ کا حفاظت کا واسطے اپن گاڑی لایا۔ باہر سینکڑوں آدمی کھڑا ہے اُدھر جائیں گا تو چٹنی بنائیں گا۔"

اب شاعروں کی صورتوں پر اطمینان جھلکنے لگا۔ ایک نوجوان شاعر زیادہ بے چین نظر آ رہے تھے۔ انہوں تجویز رکھی کیوں نہ مشاعرہ گاہ پہنچنے تک یہیں وین ایک نشست نشست ہو جائے۔ تجویز منظور ہوئی سب نے واہ واہ کی۔ (انسپکٹر نے غصے سے پلٹ کر دیکھا) ایک بزرگ نے شاعر غزل کا مطلع عنایت کیا اور واہ واہ کا شور بلند ہوا۔ انسپکٹر نے زوردار آواز لگائی۔ ——

——"اے۔ خاموش۔ چپ چاپ بیٹھنا منگتا۔"

——"کیا منگتا ہے؟"

——"سائی لِنٹ بائے ٹھو۔ نہیں تو آنسو گیس پھیکے گا۔ لاٹھی چارج کریگا۔"

اب کی دفعہ سب ایسے خاموش ہوئے کہ سانس بھی دھیرے دھیرے لینے لگے۔ پولس ہی کی نگرانی میں ڈائیس پر پہنچے تو اصل معاملہ سمجھ میں آیا کہ دراصل آج "یوم ہوٹنگ" منایا جا رہا ہے۔ ہرن پور کے ایک مخالف شعراء گروپ نے منظم طریقے سے ہوٹنگ کا بندوبست کیا ہے۔ ڈائس کے سامنے تین طرف ان کے آدمی (جو نمک میں آٹے کے برابر تھے) پھیلے ہوئے ہیں۔ مختلف مقامات پر ٹوکریاں بھی نظر آئیں۔ جنمیں سڑے ہوئے ٹماٹر، گندے انڈے اور پھٹے پرانے جوتے چپلیں رکھی تھیں۔ شاعروں کے امتحان کا وقت تھا۔ صدر مشاعرہ نے تقریر کی اور زیادہ تر

شاعروں سے مخاطب رہے۔ فرمایا ——

"یہی وقت ہے آپ لوگوں کی آزمائش اور امتحان کا۔ جو شاعر آج اس سے نکل گیا۔ سمجھو وہ زندگی بھر کسی مشاعرے میں شکست کا منہ نہ دیکھے گا۔"

شروع میں دو تین شاعر تو خوش نصیبی سے اچھی طرح گذر گئے۔ اُس دن کامیابی یہی تھی کہ کوئی داد نہ ملے۔ کوئی واہ واہ نہ ہو۔ لیکن چوتھے صاحب کی باری آئی تو گڑبڑ شروع ہو گئی۔ اس کے بعد سامعین اور شاعروں میں جو "گفتگو" ہوئی وہ اس طرح ہے۔" شاعر :۔ عرض کیا ہے کہ "تیری دنیا سے میں اک روز چلا جاؤنگا۔

—— سامعین :۔ ایک روز نہیں۔ ابھی جائیے۔

: آپ کو آنے کے لیے کس نے کہا تھا۔

ایک بزرگ شاعر شیروانی سمیت تشریف لائے۔

—— شاعر:۔ ؎ رات 'مے کشی اور وہ

—— سامعین :۔ آپ کو شرم آنی چاہیئے۔ اس عمر میں لفنگا پن کرتے ہو۔

: مے کشی کا پرمٹ کدھر ہے؟

: "وہ" کون ہے ؟

پھر ایک صاحب جو خود کو ماہرِ نفسیات سمجھتے تھے، مائک پر تشریف لائے اور لوگوں کو حد درجہ ناراض دیکھ کر دھیمے لہجے میں فرمایا ——

—— شاعر: عزیزو اور دوستو!

—— سامع : ہم آپ کے دوست نہیں ہیں۔

—— شاعر: آپ میری ایک بات سُنیئے۔

—— سامع: پہلے آپ ہماری ایک بات سنیئے۔

—— شاعر: سنلیئے۔

—— سامع: آپ اُتر کر چلے جایئے۔

—— شاعر: دیکھیئے، آپ ہمارے مہمان ہیں۔ میرا مطلب ہے ہم آپ کے مہمان ہیں۔

—— سامعین : آپ بن بُلائے مہمان ہیں۔

: جلتے ہیں یا مہمان نوازی کریں۔

اَب کہیں سے دو تین ٹماٹر اور چند انڈے حملہ آور ہوئے۔

وہ مائک چھوڑ کر نشست پر آ گئے اور کہا "بہت ہی واہیات شہر ہے جی یہ تو"۔

اس دوران اناؤنسر نے ایک رقعہ پر تمام شعراء کے نام اور اک تحریر لکھی جو جرأت مند حضرات اس حوصلہ شکن ماحول میں پڑھنے کی جسارت کر سکتے ہوں اپنے کے سامنے صحیح (✓) کا نشان لگا دیں۔ ہماری بغل میں بیٹھے ہوئے شاعر کہنے لگے "قسم کھا کر کہتا ہوں۔ میں مشاعرے میں شرکت کروں اور غزل نہ پڑھوں تو مجھے ٹایئفائیڈ ہو جاتا ہے" دوسرے صاحب بولے "اجی ہمارا معاملہ تو اس سے بھی بدتر ہے۔ مشاعرے کی

دعوت آئے اور ہم نہ جا سکیں تو انفلوئنزا، ہو جاتا ہے۔"

پہلے نے کہا جناب ! آپ مشاعرہ گاہ تشریف لا چکے ہیں اس لیے انفلوئنزا کا خطرہ ٹل گیا لیکن ہمارے ٹائیفائیڈ کے بارے میں تو سوچیے۔" وہ بولے "دیکھیے قبلہ میری رائے میں تو ٹائیفائیڈ کے سامنے دو تین ٹماٹر اور چند انڈوں کی کیا حقیقت ہے اس لیے آپ (سا) کا نشان لگا ہی دیجیے۔ انھوں نے ایسا ہی کیا۔ غزل پڑھی اور کچھ سرخ رو (ٹماٹر کی وجہ سے) اور کچھ رو سیاہ (انڈوں اور چپلوں کی وجہ سے) لیکن مسرور و شادماں واپس لوٹے۔ بالآخر صرف دو گھنٹوں میں، عظیم الشان آل انڈیا مشاعرہ اختتام کو پہنچا۔ شاعروں کو پولس کی نگرانی میں گیسٹ ہاؤس پہنچا دیا گیا۔ سب اپنے اپنے کمروں میں چلے گئے۔ لیکن تھوڑی دیر بعد ایک ایک کر کے اس طرح اٹھنے لگے جس طرح بچے رات میں ڈر کے اٹھتے ہیں رات کے تین بجے ہال جگمگا اٹھا۔ معلوم ہوا کہ غزلیں نہ سنا سکنے کی وجہ سے سب کی حالت خراب ہو رہی ہے۔

ایک نے دوسرے سے کہا۔

—— میری ایک غزل سنو۔

—— ابھی میں خود اپنی غزل سنانے کے لیے آدھے گھنٹے سے مارا مارا پھر رہا ہوں۔"

دھیرے دھیرے بھنبھناہٹ بڑھنے لگی اور شور کی شکل اختیار کر گئی۔

سب کے ہاتھوں میں ایک ایک ڈائری تھی۔ اچانک ایک بیوپاری قسم کے شاعر نے جیب سے پانچ روپے کا نوٹ نکالا اور کہا۔

——"ایک غزل سننے کے پانچ روپے دونگا۔ پانچ روپے!"

پھر ہر شاعر نے پانچ کی نوٹ نکال لی۔ پہلے شاعر نے اب کی دفعہ دس کی نوٹ نکالی۔ تمام شعراء کے ہاتھوں میں دس کی نوٹیں نظر آنے لگیں۔

کوئی کسی کے دس روپئے لینے کو تیار نہ تھا۔ شاعروں کو اتنا آسودہ حال اور فراخ دل ہم نے زندگی میں پہلی بار دیکھا۔ پھر ہوا یہ کہ اس کم بخت چالاک بیوپاری شاعر کو احساس ہوا کہ اس جمگھٹے میں ایک شخص ایسا بھی ہے جس کے ہاتھ میں ڈائری ہے نہ دس کا نوٹ ہے۔ معلوم ہوا کہ وہ ہم ہیں۔ سب کی نظریں ہم پر پڑیں۔ ہم سمجھ گئے کہ اب یہ غزلیں سنا کر مار ہی ڈالیں گے۔ ہم فوراً ہال سے باہر نکلے اور جدھر جی میں آیا بھاگنا شروع کر دیا۔ ہمارے پیچھے تمام لوگ ہاتھوں میں ڈائریاں اور دس کی نوٹیں لیے دوڑے آرہے تھے۔ اس دن بھاگتے بھاگتے ہم نے سارے گیسٹ ہاؤس کے کئی چکر لگائے۔ کبھی پہلے منزلہ پر کبھی آخری منزلہ پر۔ دس منٹ بعد اندازہ ہوا کہ آدھے لوگ تو کہیں ادھر ادھر تھک کر گرے ہوئے ہیں۔ (گرے ہوؤں کا بھی ایک ہاتھ اونچا تھا جس میں دس کا نوٹ تھا)

بہرحال ہم بری طرح تھک گئے تھے۔ چنانچہ دوڑتے دوڑتے ایکبار جو پاؤں پھسلا تو سیڑھیوں سے لڑھکتے ہوئے نیچے چلے گئے۔ پھر ایسا لگا کہ۔

بے ہوشی طاری ہو رہی ہے۔ جب ہوش آیا تو کوئی کہہ رہا تھا۔ ———

——— اٹھو۔ وہ بلا رہے ہیں۔

——— ہم نے فوراً لحاف میں خود کو چھپا لیا اور کہا۔

——— کوئی شاعر ہوں تو کہہ دینا گھر میں نہیں ہے۔

جگانے والے نے ایک زوردار طمانچہ جڑ دیا۔ آنکھیں پھاڑ کے دیکھا تو معلوم ہوا کہ ہم اپنے گھر میں ہیں اور امی ہمیں جگا رہی ہیں۔ بولیں۔ ———

——— پاگل ہوئے ہو۔ تمہارے اباجان بلا رہے ہیں۔

اب مشکل یہ کہ اتفاق سے ہمارے اباجان بھی شاعر ہیں۔

تاثرات

ظ۔ انصاری

میں نے آپ کے انشائیوں کا مطالعہ کیا ہے۔ بہتر ہیں یعنی بہتر امکانات کی نشاندہی کرتے ہیں۔ اکولہ سے جو نئے نام سامنے آتے ہیں آپ غالباً اُن میں سب سے کم عمر ہیں۔ کوشش کرتے رہے تو سب سے آگے جائیں گے۔

فکر تونسوی

'شگوفہ' میں تمہارا طنزیہ پڑھا حالانکہ اس سے پہلے بھی پڑھ چکا تھا لیکن دوبارہ پڑھا تو اس میں کئی اور نکھار بھی دکھائی دیئے۔ اس طنزیے میں وہ خوف شامل نہیں ہے جو طنز کو ڈپلومیسی بنا کر اس کی اور یجنلٹی کھا جاتا ہے۔ بالخصوص ظ۔ انصاری پر تمہارے بے باک جملے اور تجزیے تو۔۔۔ ان پر ظ۔ انصاری کو خود داد دینی چاہیے۔

یوسف ناظم

شکیل اعجاز مبارکباد کے مستحق ہیں۔ ان کا فکر تونسوی کے نام خط بہت اچھا ہے بعض جملے تو غیر معمولی ہیں، دعوت ناموں کی تقسیم، ظ۔ انصاری کی تقریر اور میرے مقالے سے جملے، مجھے یاد بھی ہو گئے ہیں۔ اس میں واقعہ نگاری کے ساتھ ساتھ مزاح اور حفظِ مراتب کا خیال رکھنا پڑتا ہے۔ خوشی کی بات ہے کہ یہ اس معاملہ میں کہیں بھی نہیں پھسلے۔ 'عیادت اس کو کہتے ہیں' یہ خاکہ بھی خوب ہے ایسا معلوم ہوتا ہے کہ یہ رپورتاژ اور خاکہ نگاری میں اتنے ہی مقبول ہوں گے جتنے تصویر نگاری اور سرورق سازی میں ہیں۔